JN126116

津軽戦国始末

木村將平
Kimura Masahira

郁朋社

装丁／宮田麻希

津軽戦国始末

一　蜂起前夜

永禄十年（一五六七年）。

津軽の三月はまだ寒い。田畑はまだ一面の雪である。目の前にそびえる御山（岩木山）は白い裳裾（もすそ）を津軽野（つがるの）にすっきりと広げている。

みなが白い息を吐くなか、御山を望む大浦家の居城で、為信（ためのぶ）と名を改めた平蔵が城主大浦為則（ためのり）の娘阿保良（おうら）と祝言をあげた。いずれも十八歳である。

阿保良には二人の弟がいるがまだ幼い。これからの為信は二人の名代であり、同時に大浦家の当主でもある。

重臣筆頭の森岡金吾（もりおかきんご）は平蔵の上背が高く堂々としていることに頼もしさを感じた。顔の造作は少々もったりしているが口元は引き締まっている。

平蔵の父は城主為則の弟大浦為守（ためもり）だ。為守は平蔵五歳のとき、南部家の内訌（ないこう）に兄為則の代わりに出陣、八甲田を東に下り南部に兵を進めた。しかし運拙く戦いのなかで果てた。残った平蔵と妹の於久は為則が引き取った。

はじめは大浦城で、のちに堀越城に住まわせ育てた。そして今日、為信は大浦家の家督を継ぐ。

（為則さまのあと継ぐとはどういうことだが、ようぐ肝ば固めでもらわねばまいねな）

森岡金吾は二人の三々九度を見ながら思う。

為則は重い病をおして婚儀の席に座り、黙然と二人を見守っている。

大浦為則には大きな野望がある。ここ数年、それを実現するためのさまざまな布石を打った。森岡金吾も手を尽くした一人だ。まずは南部家津軽郡代の石川城主南部高信を討たねばならない。

婚儀式場の上座で、その高信が機嫌よく酒を飲んでいた。傍らの奥方も笑顔だ。還暦を過ぎて鬢にも白さが目立つものの頑健な体躯は若年と変わらず声も大きい。

御山の麓にある大浦城からは白い津軽平野が望まれる。その向こうに八甲田の峰々がかすんでいる。その山を東に下れば北奥羽を支配している南部氏一族がいる。

三戸南部氏信直の父高信は南部氏郡代として、津軽のほぼ中央に位置する石川城に陣取り津軽全域に睨みを利かせている。

はるか応永年間（一四〇〇年頃）、安東氏を駆逐して南部氏が津軽を手中におさめた。それから百数十年、津軽は南部氏から派遣された武士が治めてきた。

南部一族は太平洋に面した馬淵川流域に広がって城を構え、たがいに覇を競った。

一方、津軽に派遣され土着した武士は、日本海を臨む十三湊へ流れ込む幾筋もの岩木川支流沿いに館を築き領地を経営した。数代にわたりかれらは土地と民を増やし力を蓄えた。だが、かれらはあくまで南部配下の差配である。南部宗家にとって津軽は搾取の対象でしかない。南部の代官として百姓から年貢をとり賦役を強制する。津軽の民はときに八甲田を越えて南部に足をはこび、城や河川の普請に駆り出されることもある。

この目の前に広がる津軽平野はここに住むわれら津軽衆のもの。南部から取り戻してわがものにするのが為則の夢であり同時に金吾の夢でもあった。

宗家南部家からの独立は主家に対する反逆でもある。大浦為則をはじめとする津軽各郷の武将は南部氏から派遣された代官の末裔ではあるが、数代を経て土着し郷土への愛着と独立心を育んだ。

十三湊や鰺ヶ沢湊に入る船は畿内から瀬戸内を通って日本海の港を辿る。津軽衆は船乗りや商人から遥かに京の情勢や上洛を目指す戦国大名たちの動向を聞くことができた。

一介の油商人が策略と武力で一国一城の主となる。幾代も続いた名家が家臣に裏切られて滅びるなど、関東から西国まで領土の取り合いや凄まじい下克上を聞く。大名のあいだでの婚姻策も多い。戦国大名は生き残りを懸けて合従連衡を繰り返している。

九州、中国から関西、関東に至る様々な興亡は北奥羽の土豪や小領主の心を揺さぶり大いなる野心を抱かせた。大浦為則もその一人である。

その野心を実行すべく、この数年で企ては着々と進んだ。指図する為則のもと、実行するのは重臣の森岡金吾、兼平綱則、小笠原信清らである。

浅瀬石城主千徳政氏とひそかに盟約を結んだのは二年前、大浦家重臣葛西信清の娘が政氏の嫡男政康に嫁入りしたあとのことだ。

千徳政氏の家は南部家から津軽に派遣された武将たちのなかでも筆頭格である。その祖は南部庶流の一戸氏だ。分家には田舎館城の千徳政武などがいる。政氏の所領だけで大浦家に匹敵する。
（大浦と千徳が合力せば南部高信は倒せるじゃ。両家でもって津軽とば分げるべし）
為則は千徳政氏にそのように説いた。

三戸南部家の一門で田子城主南部信直に対峙している九戸政実とも為則はひそかに誼を通じた。森岡金吾は何度も九戸城を訪ねている。

三戸南部宗家の当主は南部晴政である。宗家に敵対して南部信直と九戸政実の両者がしのぎを削っていた。

南部一族はこの三者の周囲に八戸、久慈、一戸等の勢力が分立して互いに牽制している。信直の父は津軽郡代をつとめる高信である。津軽一円を大浦、千徳など高信配下の武将が支配していた。

一方の政実には、七戸、金田一、櫛引、秋田鹿角の諸城の武将が同心している。合わせた勢力は宗家をしのぐほどだ。

宗家の地位と権力が欲しい政実としては山向こうの津軽の擾乱はわるいことではない。津軽で為則が立ち信直が軍勢を派遣することにでもなれば南部は手薄となる。その隙に信直方の諸城を窺う。信直を屈服させるまでは為則と手を組むのが得策だろう。政実は為則の差し伸べた手を握った。

為信の婚儀のあと、羽州(うしゅう)山形城の最上義守(もがみよしもり)へは森岡金吾が数羽の鷹を携え赴いた。最上家は室町幕府の頃から羽州探題として重きをなした二十四万石を有する大名である。

この年、隣国の伊達家に嫁いだ義守の娘義姫(よしひめ)が男子を産んだ。のちの伊達政宗である。為則が隠居し為信が家督を継いだことを述べたあと、金吾は改まって当主となった為信からの書状を差し出した。武備の強化にぜひとも力添えを願うとある。京の武器商人への仲介だ。含むところは南部氏からの独立であることは金吾と誼を通じている宿老から聞いていた。

伊達、南部双方と接している最上家とすれば、南部が分裂し弱体化することは都合がよい。仮に津軽が独立して最上家と約すれば北の安東愛季(ちかすえ)をも牽制できる。

しかし、はたして大浦はあの強大な南部一族に太刀打ちできるのか。大浦だけでは無理であろう。大浦家に呼応し与力する津軽の領主がどのくらいいるのか。

義守はかしこまっている金吾に値踏みするような眼差しを向けた。鷹は落ちつかなげに羽根をばたつかせ、その鋭い眼は義守をときどき刺した。

「家督を継がれた為信殿さ、ぜひ一度ゆっくりお会いしたいものじゃ」

最上家の当主は微笑を浮かべ、ゆったりと金吾に言った。

「我がお屋形も義守様に早くお目どおりしたいと思っておりますじゃ」

金吾も答えた。

最上義守と為信の間には安東愛季の領地がある。為信より十一歳年長で野心に富む愛季は活発に領土の拡大をはかっていた。

そもそも安東家は鎌倉幕府から蝦夷管領(えぞかんれい)に任命された名家である。愛季は、為信と阿保良の婚儀の三年後、分裂していた檜山(ひやま)城と湊(みなと)城を統合、安東の領土を合わせ拡大させることに成功している。

朝倉義景、上杉謙信とも通交を図る一方、津軽浪岡御所(なみおかごしょ)の北畠顕村(きたばたけあきむら)に娘を正室として送り込み、御所を守護する南部家とは均衡を保っている。

一方で愛季は津軽に接する比内(ひない)郡を領していた独鈷(どっこ)城の浅利則祐(あさりのりすけ)を謀殺し領土を拡大さ

せたが、この比内と鹿角の領地をめぐっては南部氏との抗争が延々と続いている。

為信は安東領を迂回して最上家と友好を図った。


為信が育った堀越城は石川城に近い。元服後、ときどき石川高信に呼び出されては供をしていたが、あるときから御側衆の一人になった。為信の人柄と若いが悠揚たる様子が高信の気に入ったようだ。病に倒れた為則のもとに婿入りしたのも高信の肝いりだ。為信を大身の大浦家に送り込むことで、津軽支配を固めようという腹積もりだ。


為信の妹於久も同じ頃、高信の次男正信の側室に上がっている。正信は石川城から東方八里にある浪岡御所にいる。正信は浪岡北畠家のさしずめお目付け役であろう。

北畠家は南北朝から続く名家であり南部家に守護されている。その浪岡城は津軽北部と外ヶ浜全域を支配する要衝にある。

是非にと望まれ浪岡の正信のもとへ行ったものの、正信には安東家からきたれっきとした正室がいる。

三月初め雪のチラつくなか、かごに乗った於久は為信に別れを告げた。

気丈な言葉とはうらはらに目を潤ませ声はか細かった。まだ十五歳の少女である。

数年前の夏、為信は於久を連れて八甲田を山歩きしたことがある。

白い雲が流れる晴れた日だった。少年平蔵と幼い於久の兄妹は老いた従者の声を背に聞きながら深緑を縫う細い山道を駆け下った。

尾根を下ると鬱蒼としたブナ林が広がっていた。木漏れ日も通さぬ樹間を進むと不意に明るくなり、小さな池が現れた。

向こう岸まで二十間ほどで、緑に囲まれた池は鏡のように鎮まっていた。緑林と碧空が染み込んだ翡翠（ひすい）の輝きに一瞬二人は眼がくらんだ。その神秘に魅入られた幼い兄弟は時間を忘れて見詰めていた。

「これは我（わ）ど、兄さまだけの秘密の池にすべし」

お告げのように妹が囁いた。

「ええべし。のう兄さま」

そのときの於久のキラキラした大きな眼差しを鮮明に思い出す。

正信が遣わした家来衆の先導で十数人の行列はゆるゆると大浦城を東へ立った。

金吾が山形城から帰って、四月のある晴れた日、為信は金吾とともに病床の為則のもとに赴いた。

為則は、やせ細ってはいるが声はしっかりしていた。

為信を枕頭に残して、金吾は部屋を出て外の廊下に控えた。為則のかすれた声が、わずかに聞こえてきた。気持ちが高ぶるのか、ときどき甲高い声になった。金吾は、為則の無念が痛いように分かった。

小半時も立たぬうち為信が出てきた。固く唇を結んでいる。

そのあと金吾が為則のそばに座った。

「みんな話したじゃ、金吾」

為則はかすれた声で言った。

「お屋形さまの胸のうちは、この金吾がよう分がってますじゃ」

「万一、平蔵が動がねば、外さねばまいねべし」

かたい表情を崩さず為則は言った。

「ようく承知致してますじゃ。んだども」

金吾はしずかに囁いた。

「阿保良様を悲しませることは無べし。お屋形さま、まんず大丈夫だべし」

為則は金吾をじっと見て眼をつむった。

数日後、金吾は為信の部屋を訪ねた。最上家を訪問する日取りをおおよそ決めたかった。

その話を終えると為信は立ち上がって庭に面した襖をあけた。

四月の明るい日差しが為信を包んだ。風はまだ冷たい。庭にもう雪は無く梅の花が咲いていた。

為信の表情は暗かった。

「金吾」

ぼそりと為信は言った。

「高信殿は、随分と我とば、めごがって（可愛がって）くれた。奥方もまんず、いいお人じゃ」

金吾は平然と答えた。

「大浦家にとっては好都合ですじゃ」

為信はふりむいた。その目は怒りに満ちていた。

「為信様は大浦家の当主ですじゃ」

低いが決然と金吾が言った。

「我は木石でねえぞ」

「このご時世、ちっこい気持ちだば、なんもでぎねえべし」

諭すように金吾が言った。

為信は何も言わず遠くに視線を向けていた。

「金吾、心配しなくてええ」

しばらくして為信は低い声で言った。

「我が、鬼か羅刹にでもなるべし」


為信が阿保良と夫婦になったこの年（永禄十年）、畿内では松永久秀と三好三人衆が干戈を交えて東大寺大仏殿を焼いた。

七年前、織田信長は桶狭間に今川義元を破った。その後、家康と盟約を交わす一方、美濃計略に力を尽くした。浅井長政にはお市の方が嫁いだ。さらに、武田信玄の六女お松を嫡子信忠に迎えた。信長は武力と政略結婚を使って地歩を固め、京へ上る準備を整えた。

しかし、情勢は混沌としていた。将軍足利義輝(よしてる)は殺され、弟の覚慶(かくけい)(のちの義昭)は近江へ逃避している。幕府の権威は失われていた。

この時代、北奥羽を含む幾百の領主が自領を守り勢力を広げようと血眼になっていた。日本中に大小の合戦があった。幾百の城が築かれ幾百の城が攻められ破却されて灰になった。いまだ権威による評定や調停は無かった。その権威が抜きん出て天下を確立するまではひたすら生き残るべくあらゆる手段を使って戦うしかなかった。そして武力と知略に勝り、運に恵まれたものだけが生き残った。


翌永禄十一年(一五六八年)、桜も散った五月なかば為則は死んだ。四十八歳。

大浦家の当主となった為信に南部郡代の南部高信はしみじみと言った。

「為則はわれら南部さ、よう尽くした。汝(な)も為則同様、力を貸してけろじゃ」

為信はふかぶかと頭を下げた。

秋も深まった頃、訃報が浪岡城からもたらされた。高信の次男正信が急の病で亡くなった。しかも為信の妹の於久もいっしょに。

疑惑が広がった。毒殺ではないかと。高信の指示で周辺を洗ったが、裏付けるようなものは出なかった。

浪岡での葬儀もすんで大浦城に戻ってから為信は金吾を呼び小声で囁いた。

「金吾、なぜ於久は死んだじゃ」

為信の眼は潤んでいた。

「食当たりでさね。そう聞いでおりますじゃ」

「金吾」

為信は金吾に憎しみの目を向けた。

「手違いでねえのが」

妹を殺された兄の悲痛な顔があった。

「お前(め)たちの手違いではねえのが」

金吾を睨み付けた。

「……残念としか、申しあげようもねえでさね」

金吾は深々と頭を下げた。

「おめえの顔は見たぐね」

為信は呻いた。

たしかに手違いはあった。正信だけが死ぬはずだったのだ。

為信は唯ひとりの肉親を失った。

深緑に輝く静かな池のほとりに立ち、水面を見詰めていた於久。

生き生きとした妹の眼差しを為信は思い返した。


二年後の元亀元年（一五七〇年）、為信は出羽山形城の最上義光を訪問した。表向きは羽黒山詣(はぐろさん)でである。十六人の一行は越後の弥彦(やひこ)大明神に参拝したあと羽黒山に詣で、その足で山形城に向かった。

前年から最上義守と嫡男義光とのあいだで家督争いがあったが、この年落着し義守は隠居出家し義光が家督を継いだ。

義光は上機嫌で為信を迎えた。為信二十一歳、義光二十四歳である。

鉄砲の調達についても堺商人との仲介の労を約束した。

「今をおいて、ぬしの出番はねえべし」

義光はささやく。

「早晩、天下が鎮まれば勝手に領土を切り取るなどできね。やるなら今だじゃ」

「義光殿」

為信が問うた。

「姉川で信長殿は浅井朝倉勢と戦ったども勝敗は持ち越し。石山本願寺にしても大勢の門徒がおるべし。武田信玄も目が離せねえべし。信長殿には敵が多過ぎるじゃ。そうでねが。それでも天下を取るのは信長殿ですがの」

為信が念を押すように義光にせまると、にやりと笑って、

「信長殿に勝るお方がいるなら、ぜひ教えてけろじゃ」

最上義光に迷いは無い。しばしば重臣を信長のもとへ遣わしている。

ゆくゆくは義光殿に仲介を頼み信長に会わねばなるまい。だが今はまだ早い。三年、いや四年後か。為信は腹の中で思った。

その年の夏、最新式の鉄砲二百挺が日本海に面した鰺ケ沢湊に荷揚げされた。菰(こも)に包まれた多数の木箱は荷車に積まれた。十数人の侍に守られた荷車の列は数刻後には大浦城に入った。

二　南部高信

元亀二年（一五七一年）五月四日。明ければ端午の節句である。

深夜、石川城から一里ほどの堀越城から二百人を超える武者たちが蹄の音を響かせ東に向かった。攻撃の第一陣である。

大浦城からは為信指揮下の三隊が、いっときほど前に出陣している。先陣は板垣信成。第二陣は森岡金吾、小笠原信清。そして為信が率いる本隊が続く。総勢六百人ほどである。

最後尾、本隊に距離を置いて百人ほどの一団が続く。外見は野武士か夜盗のたぐいにしかみえない。城下に火を放ち攪乱する目的で集められたやくざ者たちだ。

前日、郡代南部高信の城に配下の領主たちが参集して高信のご機嫌を伺って酒を酌み交わした。大光寺城の滝本重行、和徳城の小山内讃岐、浅瀬石城の千徳政氏、田舎館城の千徳政武、外ヶ浜横内城の堤光康、油川城の奥瀬善九郎などだ。

もちろん為信も大浦家の当主としてその中にいる。おおいに談笑し酒を飲んだ。

夕刻には全員が自分の領地に引き上げた。城内は高信近習と数十人の城兵だけとなった。


払暁、鉄砲を連射する轟音が石川城を包んだ。続いて兵たちの雄叫び。

闇の中で城門が内通者によって開かれ、明るいたいまつの群れがどっと流れ込んだ。叫び声と馬蹄の音が城内に轟き、高信とその家族の最後のやすらぎを奪った。

高信を殺すことが目的である。絶対に逃がしてはいけない。だが、たいまつの明かりでは男女の判別さえむずかしい。頭に着物や布を羽織って逃げる者が多い。高信は女の装束を身に纏って逃げるかもしれない。

鎧武者が、逃げまどう一団をさえぎり足軽たちが槍を突き立てた。

「歯向かうだば容赦は無用じゃ。切り捨てろ」

武将たちが叫ぶ。

あちこちで悲鳴があがった。不意を衝かれた城兵はほとんどが殺され、大浦勢の一方的な攻撃となった。衣を纏っていれば斬りつけ槍で突いた。男女の区別もなく、もはや戦いではなく殺戮に近かった。

いっときほど過ぎて空がうっすらと明るくなり東の雲がわずかに茜色になった。

夜明けにちかい薄闇の中で鎧武者たちが累々たる屍のなかを駆け回った。

「高信は居だが」

「高信の首をとらねばまいねど」

高信以外の首は取らず討ち捨てにせよとの下知が下っていた。

館の大広間に為信の本陣がしつらえられてまもなく高信を討ち取ったという報告がもたらされた。

「その首、どごだば。早ぐ持てこいじゃ」

金吾が報告した兵に迫った。

しばらくして若い鎧武者が駆け込んできた。

右手に血に染まった首袋を捧げ高々と叫んだ。

「南部高信の首、取ったどう」

横から一人の足軽が首台(くびだい)を差し出した。武者は袋を床に置いてから両手で首を取り出し、台の大釘に据えた。

首が為信と金吾以下居並ぶ武将たちの前に差し出された。

高信の動かぬ半眼は怒りと無念に凍り付いていた。

為信は差し出された高信の首を見詰めた。その目は動かなかった。その青白い顔に動揺した様子はなかった。その為信の横顔を金吾は見詰めた。

居並ぶ誰もが、じっと高信の首を見た。

ついに、南部郡代の高信を殺した。南部と決別したのだ。いまから南部家との戦いが始まる。あの強大な敵に勝てるのだろうか。或いは力及ばず、反逆者の烙印を押されて潰えるか。

金吾ら宿将は思い返した。三十年前、葛西一族を中心に決起した反乱が南部高信率いる遠征軍の反攻を受けて、あえなく潰えたように。

南部に比べて土地の肥えた津軽は米蔵のようなものだ。手放すことはできない。

南部氏は津軽を支配し米穀を収奪するため多数の武将を送り込んだ。幾十年もが過ぎて彼らは土地に土着し津軽の風と土のなかで津軽の人となった。南部と津軽は気質も言葉も異なる。八甲田の峰が北奥羽を西と東とに分け、異なる風土が異なる人々を育んだ。

津軽の百姓から徴収された年貢米は郡代を通して南部へ運ばれた。しばしば起こる飢饉では多くの米が津軽から南部に運ばれた。土地の痩せた南部は飢饉の被害も津軽より大きかった。だが津軽でも餓死者は出るのだ。

南部の地は宗家の家督を巡って近年内紛が絶えない。いくさが起こると、百姓に重税が課せられる。抵抗の少ない津軽に郡代を通して苛斂誅求（かれんちゅうきゅう）が及ぶ。しだいに百姓、地侍に不満が高まってきた。ときには小さな一揆が勃発したが、首謀者は捕縛され処罰された。南部の支配が揺るがないかぎり津軽は安寧を保つだろう。

一方で、南部家の内紛は収束どころか拡大していた。宗家と分家は疑心暗鬼のなかで敵味方を探っていた。宗家晴政に敵対する南部信直。さらに南部家第一の実力者である九戸政実。

三つの勢力が馬淵（まべち）川周辺の領主を巻き込み対峙していた。かれらには津軽に目を向ける余裕は無い。

着々と勢力を蓄え一揆に同心する武将を探りながら大浦家は来るべき決起を待った。

岩木川の新田開発もその一環だった。十三湖に近い下流域から中流域にかけては広大な湿地帯が広がっている。為則の父政信の頃から河普請と干拓を進めた。

増収となった米の一部は、郡代の目を盗んでひそかに船に積まれ上方に向かった。数ヶ月後には同じ船が鉄砲など武具を積んで戻ってきた。

南部氏打倒は周到に計画され実行された。

高信の首を見ていた為信がいきなり立ち上がり高信の顔を蹴った。

首が首台ごと、ごろりと転がった。

「お館さま、なにすのせ」

金吾が制止する間もなかった。

為信は、歯を食いしばり、ぶるぶる震える手を胸に当てた。

「この中が、かちゃくちゃねえのせ」(ひどい苛立ち)

仁王立ちのまま、為信は金吾を振り向いた。

その憤怒の形相に、金吾は背筋が凍った。

いつもの為信ではなかった。青白い顔に眼だけが燃えていた。

おのれを悪鬼にかえたか。その変貌に金吾はたじろいだ。

「ぐずぐずするな。和徳城とば攻めるぞ」

為信が叫んだ。

はあっと、思わず金吾が応じた。

「小山内讃岐がいくさの支度でぎる前に攻めるべし」

「すでに、新岡出雲の兵が清水野で待ってますじゃ」

「よし。みな、急ぐべし」

為信は立ち上がった。

石川城の城兵はほとんど殺され、高信の奥方も自決した。高信以下数十の首は城門にさらされた。

下城していた高信の家臣たちが城に駆けつけた。敵意を明確にした武士は大浦勢が取り囲み討ち取った。戦意の無い武士には家で沙汰を待つよう帰らせた。

高信の重臣たちの屋敷にも多数の大浦兵が切り込んだ。

刃向うものは切り捨て、軽輩の武士には帰順するよう兵が各屋敷を回った。

為信はいったん堀越城へ戻り兵備を整えてから和徳城へ向かった。およそ二里ほどの行程を大浦の軍勢は急いだ。

和徳城の小山内讃岐は、石川高信につぐ南部家の直臣である。調略は望めない。殲滅あるのみだった。和徳城が守備を固める前に一気に攻撃する必要があった。

その日、為信の軍兵は疲れも見せずに荒れ狂った。殺戮に高揚した兵たちの眼は血走り、血に濡れたよろいは乾くひまも無かった。和徳城は、その日の夕刻に落ちた。城主小山内讃岐親子は自決、おもだった家臣はほとんどが討ち死にした。

石川城と和徳城の攻防で二百名を超える男女が殺された。生き残ったもので降伏を拒むものの多数は南部へ落ちていった。

為信は近隣の領主や土豪に次のような趣旨の書状を送った。

このたびのいくさは年貢に苦しむ百姓たちを見かねた義憤によるものである。高信を討ったことで万事は終わった。これ以上だれにもいくさを仕掛けるつもりはない。ましてや南部宗家と敵対しようなどとは考えてもいない。どうか静観願いたいと。

真意を計りかねた領主たちは身構えて様子を窺った。

だれもが、平穏だったこの津軽に何事かが起こり始めたことを感じた。

八月に入って、高信の嫡子である田子城主南部信直が石川城を奪還するべく出兵した。武将瀬多石隠岐(せたいしおき)に兵一千を付け、秋田比内から北上、津軽へ侵入させた。同時に信直自身も兵二千を率い八甲田を西から下って大浦氏を突くべく軍勢を進めた。

ところが、その隙を突いて九戸政実が動いた。信直腹心の南部大和守の一戸城を一気に攻め落とし大和守を自害せしめた。馬淵川周辺に城をかまえる信直側の武将たちはあわてて鎧をまとい城の防備を固めた。

急を聞いて信直は軍を引き返さざるを得なかった。勢いに乗じた政実が信直の田子城を攻める恐れもあった。とりあえずは戻って一戸城を奪還しなければならない。

隠岐へ引き上げるよう使者を立たせた。しかし、すでに遅かった。隠岐の軍は大浦勢の迎撃も無いまま、するすると津軽に侵入し津軽野を見遥かす宿川原(しゅくがわら)に陣を張っていた。信直の先遣隊はなかなか来ない。

待つうちに後続の小荷駄隊が大浦方の地元勢から奇襲を受け兵糧を奪われたとの報告があった。さらにその奇襲した唐牛采女(かろうじうねめ)の兵が南に陣取ったため補給路を絶たれているとのこと。策に嵌ったらしいと隠岐は悟った。今後、兵糧の補給は望めない。進出してくる信直勢と合流しさえすればと思いきや、暫くして息絶え絶えでたどり着いた信直の使者の口上を聞いて絶句した。この期に及んで退却しろとは。いまや敵地内に取り残され、孤立してしまった。

隠岐は副郡代の滝本重行の大光寺城に入ることとした。石川城の東三里にある。平賀高畠までできたところで大隅建清率いる二百ほどの兵が待ち受けていた。武力に優る南部勢は鉄砲を撃ちつけて攻めに攻めた。寡勢の大隅建清は南部勢に押されて退却、高畠城に逃げ戻って防備を固めた。南部勢は、明日は攻め落としてやろうとばかり城の前面にかがり火を焚き、陣を敷いた。

その日、為信は南部兵進出の報を受け、すぐさま出陣の準備をした。武将兼平綱則に兵三百を預けて、その夜のうちひそかに高畠城に入らしめた。

翌日は朝から双方、死力を尽くして戦った。隠岐は一気に城を抜いて大光寺城に向かいたかった。しかし、城は堅く、死傷者は増えるばかり。

ついに隠岐は城を落とすことも大光寺城へ向かうことも諦め、南へ転進して秋田鹿角を通って南部へ戻ることに決めた。まだ勢いのあった南部勢は、唐牛采女の陣を突っ切って退路を開き南部領に入った。

　疲労困憊して数日後、隠岐の兵は三戸にたどり着いた。

　九戸政実との一揆の盟約が功を奏し、南部信直の反撃はならなかった。

　石川城を落としたことで為信は鼻和（はなわ）郡に加えて平賀郡の平川流域一帯を手に入れた。

　その後、信直が政実から一戸城を奪還したのは秋も深まった頃である。

　この年為信に長男信建（のぶたけ）が誕生した。正妻阿保良の子ではない。阿保良は生涯、子を生むことはなかった。信建、次男信堅（のぶかた）、三男の信枚（のぶひら）、いずれも妾腹の子である。

　この頃北奥羽から遠くはなれた五畿内から近江美濃にかけて、織田信長が武力による勢威を拡大させている。

　為信が決起したこの年(元亀二年)九月、信長は比叡山を攻め上がり、延暦寺根本中堂、日吉大社はじめすべての僧坊、仏堂、経蔵など一棟も残さず焼き払った。前年から比叡山は朝倉義景と浅井長政に加担して信長からの申し状を無視した。敵対するならば山上にある一切の堂塔を焼き皆殺しにするとの通告通り、信長は例外を認めず実行した。

武装した僧兵は無論のこと、学僧や上人など僧俗を問わずことごとく首をはねた。許しを請う寺の老若男女小童に至るまですべて殺された。その数、数千人に及び、生きて山を下ったものはいなかったという。

一方で信長は荒廃した内裏の再建に力を尽くし、この年は紫宸殿、清涼殿、内侍所などが完成している。さらに零落した公家について領地相続から宮中の収入面に至るまで様々に手を尽くした。将軍足利義昭には二条に宏大な将軍御所を造り住まわせた。

さしずめ、これから京に入る信長自身のための舞台をしつらえている感があった。

三　大光寺城

大浦家は占領地の経営を始める一方で次の作戦に進んだ。石川城の次に落とすべき城は大光寺城である。

大光寺城は鎌倉時代曽我（そが）氏が拠点とし、下って安東氏そして南部氏が居城とした津軽の重要拠点である。城主の南部正親（まさちか）は数年前に病死。二子の六郎、七郎は幼く、滝本重行が城代を勤めている。副郡代として重行はその実力を認められていた。

元亀三年（一五七二年）七月、為信は武将を集めて評定を開いた。

正面から大光寺城を攻め落とそうと為信は言う。

「まともに戦っては兵を死なせるばかりですじゃ」

金吾は為信を諌めた。

滝川重行が戦上手であることを大浦の武将たちは知っていた。

「堂々と正面から押して勝つべし」

為信は言う。

「こそこそと夜襲さねども、十分な兵はあるべさ」

「数だけでいくさは勝てねえのし」

金吾は渋る。

「銃も増えたでねが。一気に攻めれば勝てるべし」

為信は強気だ。

武将たちも賛否が分かれたが、結局為信の命令どおり実行された。

八月のその日、七百を超える大浦勢は大光寺城の前面に陣を構えた。

城内の兵数は間者の報告では二百にも満たぬとのこと。為信はまずは彼我の戦力の違いを誇示した。

城はひっそりと静まっていた。静かすぎる。戦意はあるのか。戦わずにすめばそれに越したことはない。

そう思った金吾だが、開城を促す使者は罵声とともに撥ね付けられた。

大浦勢は城を大きく囲んで陣容を整え攻撃の準備に入った。

（あわてるごとも無えべし）

大浦勢には楽観と余裕の気分がみなぎっていた。

日が中天に差し掛かる頃、突然大光寺城の城門が開いた。続いて騎馬武者が次々と勢いよく走り出てきた。その数、百騎以上。大浦勢が態勢を整える間もなく接近して大鉈を振り下ろすごとく、軍兵の群れを真二つにして駆け抜けた。

同時に横の小高い丘の林から大浦勢に向けて、潜んでいた鉄砲隊が発砲を始めた。馬蹄が轟き、銃砲音が間断なく大浦勢を脅かした。側面の兵が次々と倒れた。駆け抜けた騎馬武者隊は取って返して、また突進してきた。城からは援護の兵が喚声を上げて繰り出してきた。不意を打たれた大浦兵の眼には、実数より数倍の軍勢が押し寄せてくると見えた。

大浦勢に混乱が広がった。大光寺側に勢いがあった。

「静まれ。からめて討ち取れじゃ」

武将が叫んだが、浮き足立った軍兵の足はすでに逃げ道を求めていた。態勢を整える間もなく大浦勢はくずれ、為信も数十騎とともに駆けた。

あとを追って、敵の騎馬隊は執拗に追撃してきた。必死で逃げるうちに味方は数騎になった。道を選ぶ余裕もなく湿田にはまり込んでしまった為信は、追っ手に討ち取られそうになった。二人の馬廻りの家臣が奮戦して討ち死にした。為信はかろうじて逃れた。

為信にとっては初めての負け戦となった。

「我の落ち度でさね。申し訳ねえごとで」

金吾は頭を下げた。

為信もさすがに言葉がなかった。

戦いを重ねるごとに多くの兵が死に、大浦家の戦力は減ってゆく。

大浦家のいくさではこの大光寺攻めがもっとも兵の損耗が大きかった。譜代の家臣が十数人討死した。

(やすやすといくさは仕掛けるもんでねえ)

為信は肝に銘じた。

十月に入って、為信は浅瀬石城主千徳政氏をつうじて城代滝川重行そして南部家へ和睦を申し出た。再度の攻撃を予期していた重行には予想外だった。使者が持ち込んだ内容は次の通り。

石川城、和徳城とその支配地を南部家に返還したいので話し合いをしたい。そもそも平賀郡、鼻和郡の一部領主と大浦家重臣の幾人かが加わり乱に及び今日に至った次第。それを制止できなかったこと、深くお詫び申し上げる。加担したものは厳罰に処する所存。唯々恐懼の至り、謹んで南部信直さまのご沙汰を待ち謹慎する。偽りの無い証として嫡男信建を質として南部家に預ける覚悟がある。

申し出を受け、大光寺城代滝川重行はさっそく南部信直へ伺いの手紙をもたせて使者を出した。

南部信直にかぎらず為信の和睦を素直に信じるものはいない。ただ為信が相当の痛手をこうむったとの確かな情報があり、嫡子を質に出すなら一時的な和睦でもわるくはない。九戸政実から一戸城を取り戻したものの当分津軽へ兵は出せない。この際、休戦して様子見をしようと直信は考えた。

九戸政実の勢力は以前にも増して大きくなっている。櫛引(くしびき)、七戸、久慈など、反信直派が政実を頂点に体制を固めていた。互いににらみ合い、探り合うなか、小競り合いも続いている。馬淵川流域から北方へと対立は飛び火していた。

為信の和睦の真意とその処置を考えているとき、滝川重行の家臣のひとりから密書が届いた。それは滝川重行の裏切りを申し立てていた。

すなわち、為信と重行はひそかに一揆契約を結んだこと。重行は為信の津軽切取りに加担し、見返りは平賀郡の土地を得て領主となることである。為信からの和睦はまっかな偽りであり、時間を稼いで兵力を回復することが目的である。その証拠に為信は諸国から武士を次々に召し抱え兵力増強を図っている。雪解けを待っての次のいくさで、重行の反逆が明らかになるだろう、云々。

信直は重行の忠義を信じたかった。しかし評定は混乱して衆議は別れた。

結局、重行を南部に呼び釈明させることとした。

田子城に急ぎ来られよ。それだけの書状を携えた使者が大光寺城へ走った。

家臣からの密書は為信の詐術だった。見破られるかと思いきや図に当たった。

密書で唯一、嘘でないのは兵力増強だ。これはと思う人材を為信は迷わず召し抱えた。

戦いでの兵力損耗もあるが、もともと大浦家は家臣が少なかった。切り取った領地の経営には人材が必要だ。腕の立つ武士は勿論、算盤勘定の達者な人材も欠かせない。

戦国乱世である。戦いに敗れて有為の人間が多数流浪していた。為信はこれはと思う人材があれば、遠く関東から京都まで声をかけて津軽に招き家臣団に加えた。ひとかどの人間であれば情報と人脈を持ち、それは戦力となる。


信直の呼び出しをうけて重行は、師走の雪のなか、数騎の供を連れて南部に向かった。忍びからそれを聞いた為信は調略が筋書きどおり運んでいると確信した。

南部家田子城の評定の席に引き出された重行は猜疑の眼に囲まれた。問い質されて愕然とした。為信の策略であり事実ではないと釈明し、叫んで訴えた。

しかし、疑惑の解消には至らなかった。重行は城内にしばらく留まるよう申し渡された。重行は体よく監禁された。供の者も城外への外出をとめられた。

重行はただただ口惜しく、忠節を疑う信直と評定衆がうらめしかった。

元旦を明日にひかえて、大光寺城へ浅瀬石城主千徳政氏の重臣が挨拶に出向いた。城代滝川から音信はなく妻子家臣とも不安気ではあった。よい御年を迎えられますようにと丁重に祝賀を述べて千徳政氏の重臣一行は退出した。


翌日は天正二年（一五七四年）元旦。

為信は千徳政氏の兵三百を合わせた千を超える軍勢で大光寺城を一気に攻めた。

雪の降り散るなか攻防は凄惨を極めたが夕刻には落城した。城内の兵はことごとく討ち取られ重行の妻子も自刃した。幼い当主の六郎、七郎は逃れた。

大浦勢の死者は数えるほどの少数ですんだ。

知らせを受けて、謀られたと知った信直は憤激した。

滝川重行の疑いは晴れた。だが宗家への深い不信は消えない。

重行は津軽に戻れぬまま、その後まもなく病死した。


大光寺城を落としてしばらくは大浦家に静かな日々が続いた。

天正三年には次男の信堅が生まれている。

この間、鍾馗（しょうき）ひげを伸ばした為信は初めて京に赴いた。

秋に帰った為信は評定の席で、京における信長の勢威（せいい）の盛んなさま、苛烈で容赦の無い戦い振り、鉄砲の威力などを聞かせた。

織田信長は伊勢長島で四万を超える一向一揆と戦い宗徒を根絶やしにした。信長は神仏を一切信じない。延暦寺に続く苛烈な処断に大坂で見守っていた石山本願寺は慄いた。

武田信玄が亡くなったあとの天正三年五月、武田勝頼の騎馬隊は長篠の地で信長に再起できぬまでに壊滅的な敗北を喫した。

さらに朝倉義景、浅井長政もついに信長によって滅ぼされた。

将軍足利義昭をも放逐した信長の勢威はますます大きくなっている。

「鷹か馬を献上し、誼を通じるべきときが来たんでねえべすが」

金吾は為信を急かした。

信長は暇さえあれば鷹狩りをする。北奥羽は鷹と駿馬の産地として知られていた。最上義光を通すべきか、それ以外に信長幕下で近づける武将はいないか。介添えとなる武将の選定も重要だ。

異国から来た切支丹坊主が話す説教についても、為信は重臣たちに話した。

パーデレが話す切支丹の教えを為信から聞き、津軽の土豪はみな眼を白黒させるばかりであった。神の子イエスの誕生や復活のことなど、はなはだ奇妙至極に思われた。

信長はキリストの布教を許したので京の町には南蛮寺が立てられ宣教師が闊歩していた。かれらを通じて切支丹大名との友誼を得、さらに鉄砲などの武器や文物を得るツテともなることから、為信は積極的に集会に足を運び説教に耳を傾けた。

もしパーデレが伝道せんとこの津軽に赴くなら、耶蘇(やそ)の寺を作り寄進するつもりだと為信は宣言した。これに森岡金吾以下津軽の土豪たちは仰天した。

この年、津軽の東方、黒石に館を設けた。南部からの攻撃に備えるためである。

岩木川の東の源流は八甲田山にある。下って浅瀬石川となり、平川を合わせ津軽野の中央で岩木川に流れ込む。館は、浅瀬石川の流れを見下ろす高台に造られた。南部信直がこのまま為信を放置するわけがない。南部の内紛が小康すれば必ず攻め寄せるに違いない。南部に潜入した多数の忍びからもそれを裏付ける報告があった。

そう遠い先ではあるまいと為信も金吾たち重臣も思った。

天正六年（一五七八年）七月。

為信は、津軽の北方の抑えである浪岡御所を攻撃した。九代北畠顕村は北畠顕家の血をひく名門であり、数代前、南部家によりこの地に移されていた。

為信は、北畠顕村の重臣吉町彌左衛門（よしまちやざえもん）を調略して内情を知り、浅瀬石城の千徳政氏の兵も合わせた千を超す兵力でもって一気に攻撃を掛けた。城内になだれ込んだ兵に混じって、土民、地侍、寺の僧兵、アイヌなど、日頃うらみを積もらせた近隣の輩も多数いた。城兵は戦意が乏しくあっけなく落城した。顕村は妻子とともに自害したが、多数が開放した城の背後から逃れた。

浪岡から北方四里の外ヶ浜には南部家武将で油川城をかまえる奥瀬善九郎がいた。顕村の後見北畠左近が救援を求めた。兵を率いて城に向かったが、すでに城は燃え尽き城兵は四散、奥瀬は戦うことなく踵を返した。

吉町彌左衛門は為信に内応した功により約束通り知行を倍増、田舎、鼻和、平賀三郡の総代官に任命された。


天正七年（一五七九年）七月。

秋田比内から、浪岡御所の残党に加え大光寺城主南部正親の嫡男六郎、次男七郎など南部勢三百余の軍兵が侵入した。乳井茶臼館（にゅういちゃうすだて）を襲ってここに本陣を据えると、沖館の砦の攻略に掛かった。守将阿部兵庫之助は為信に南部の来襲を知らせて援軍を依頼した。為信はとりあえず手元の兵数十騎を率い茶臼館に向かった。六羽川に至ったところで敵に遭遇、為信も刀を抜いて戦った。

敵は南部に助勢する秋田の安東愛季の率いる軍勢であった。多勢に無勢、不利とみて退却に掛かったところ、二十騎ほどの一団が為信を襲った。突然囲まれ、これまでかと観念したが家臣田中吉祥の奮戦でようよう逃れることができた。吉祥は深手を負った。

まもなく数百騎の援軍が到着、沖館から敵を押し返して茶臼館を囲んだ。その夜、勝機を得ずと悟った南部および安東勢は茶臼館を出て秋田比内に退却した。

家臣吉祥はその傷がもとで亡くなった。為信は嫡子に加増し功に報いた。

四　千徳政氏

天正十年（一五八二年）六月、織田信長は明智光秀に本能寺を襲われ自決した。その光秀も山崎の合戦で秀吉に敗れ、土民の竹槍に突かれ死んだ。

その後、前田利家以下織田家の武将が清洲に集まり織田家に忠誠を誓ったものの、一年後に秀吉の勢威は他を寄せ付けぬほど強大になっていた。柴田勝家などかつて秀吉と肩を並べていた武将は次々と秀吉に抜かれて敗れた。

関東では北条氏政と徳川家康が依然大きな勢力を保持している。小牧長久手（こまきながくて）の戦いのあと秀吉は家康に対して武力で勝つことを断念、和睦を探っていた。

信長の死で生じた空白は秀吉が埋め、天下は秀吉の手により統一に向かっていた。

信長が討たれたと同じ年、南部家二十四代晴政と二十五代晴継（はるつぐ）が立て続けに病死した。

一族と重臣が評議し、信直が九戸一族を押しのけて二十六代を継いだ。宗家の地位を得たことで信直は九戸政実に大きく水をあけた。しかし、なおも政実は武力を背景に信直に対して敵愾心を燃やし続けた。

天正十三年（一五八五年）三月、為信は陸奥湾外ヶ浜一帯の攻略に掛かった。

陸奥湾を望む油川城には南部の武将奥瀬善九郎がいた。浜沿いの蓬田（よもぎた）には相馬越前、八甲田の東裾野の横内には堤弾正がそれぞれ城を構えていた。

為信は兼平綱則と小笠原信清に兵三百を付けて、浪岡から出陣させた。

油川城から一里ほどの新城（しんじょう）村に着くと、城に近い雪野原一帯に多数のかがり火の準備をした。

夜になって足軽兵が城下の藁葺（わらぶき）の家々に火を掛け、同時にかがり火を一斉に燃え立たせた。

残雪がかがり火で照り映え、雪化粧した城が浮き出た。その城を威嚇するようにあちこちで法螺貝が鳴り響き、兵が一斉に喚声を上げた。

大軍が来襲したと内通者に叫ばせ城内に知らしめた。

やがて大浦勢は城を取り囲み、陣を張った。

かがり火が城を威嚇するように囲んだ。炎に火の粉が舞い上がり、降る雪が白く輝いた。

城からは、大浦勢の軍馬と鎧武者がよく見えるはずであった。石川城、和徳城、浪岡城の戦いとその無残な結末を奥瀬善九郎は思い起こしたはずだ。

使者が城に入っていっときもせず油川城は開城した。ただし、奥瀬善九郎とその家族近臣たちは、すでに海上を舟で逃れていた。

翌日、城番を置いて小笠原はいったん浪岡城に戻り為信に報告した。横内城、蓬田城の攻略を明日に備え準備をしていたところ、物見より報告があった。横内、蓬田いずれも城兵はそうそうに城を捨てて落ちたとのこと。

数日後、両城を城番兵で固めて、為信は大浦城に戻った。外ヶ浜は戦うことなく為信の支配下に入った。

同年五月、雪解けとともに南部勢の反攻が開始された。信直率いる三千の南部勢は三軍に分かれ、南、北、東の三方向から津軽に侵入すべく兵を進めた。

為信は堀越城に兵を集める一方で南口の碇ヶ関を固めた。ここは南部領に近く、七年前にも比内から侵入を許している。おそらくここを主力が襲うものと思われた。

この頃、隣国の安東愛季は自領の比内を蚕食していた南部氏と敵対状態に陥ったため為信に加勢し援軍を送った。

銃砲隊二百を率いた安東軍の一部は北方の浪岡にまで進出した。戦況次第では浪岡の城兵とともに外ヶ浜にまわって南下する敵を待つ構えであった。

ところが信直は為信の裏をかいた。南部勢の主力は南からではなく八甲田山の峰を越えて西を下った。

南部の武将名久井日向率いる二千を超える軍兵は、残雪を踏みしめ黒森山をくだり、浅瀬石城に近い宇杭野に陣を敷いた。信直らの軍と合流する前に浅瀬石城を落とすつもりであった。

浅瀬石城の千徳政氏は南部に背いた武将である。まずこの城を落として政氏を誅し南部の力を為信に知らしめ、同時に向背定かならぬ他の津軽武将たちの気持ちを引き寄せねばならない。

南部勢は攻撃せんと逸り立ち、まず城を囲む民家を焼き払った。

降伏を勧める使者を門前に進めたが罵倒とともに矢を浴びせられ引き返した。名久井日向の鉄扇が振られ、全軍が喚声とともに城に襲いかかった。

だが、予想に反して容易に落ちなかった。それどころか死傷する南部兵が続出した。実のところ浅瀬石城内は、攻める南部勢に匹敵するほどの人間が充満していた。城兵四百以外にも、鉈や鎌、竹槍などで武装した民兵が五百人以上はいた。ほとんどが百姓だ。その女房たちは武器の修理、傷の手当て、炊事などで立ち働いていた。十六歳から六十歳までの領内の男女のほとんどが自らの意思で城に入り籠城していたのだ。みな城と家族を守るべく必死であり、城の中は熱く戦意がみなぎっていた。

一方で千徳政氏は援軍を為信に乞うた。しかし、今日持ちこたえれば明日援軍が来るという保障はない。実際のところ無理であろう。南からの南部勢の侵攻に備えている為信にその余裕があるはずがなかった。政氏は覚悟を決めた。

南部勢の攻撃が一服し態勢を整えているのを見定めると、政氏は城門を開き攻撃に打って出た。民兵を城に残して、ほとんどの城兵が軍馬のいななきとともに南部兵の中に突入した。

捨て身の攻撃で政氏側はかなりの兵を失ったが、南部勢にも相応の損害を与えた。

日が落ちた頃、城内は負傷兵に満ちていた。もはや明日打って出る戦力は無かった。城は包囲され為信からの使いも無かった。

(明日はしらが頭ば、名久井に差し出して、みなを救う手立てを考えねばまいねな)

政氏は死を覚悟した。

ところが翌日、状況が一変する。

南部信直から名久井日向に使者が到着した。碇ヶ関に進出した南部軍は撤退する。浅瀬石城を単独で攻撃せず深入りすることなく引き上げよとの指示であった。

北から侵攻した信直軍は油川城の奪回を目指し陸奥海沿いを進んでいた。

ところがまたしても九戸政実が動いた。九戸城に櫛引、七戸ら、政実に同心する輩が武装して続々集結との知らせだ。

三戸宗家の田子城に攻め寄せるのではないか。城にはまだ幼い嫡子の彦九郎がいる。精鋭を引き抜いた城には老兵が多く残され城の守備に不安があった。一戸城の二の舞を踏みたくはない。万が一を思うと信直は気が気ではない。

信直は原正綱に兵五百を預けると、南部に引き返した。碇ヶ関に進出した軍には、信直軍よりも一日ほど田子城に近いので急ぎ引き返し城を固めるよう使者を立てた。

千徳政氏を仕留める一歩手前で名久井は断念せざるを得なかった。

今日一日あれば城は落とせる。だがそこまでが限界であった。為信を引き付けていた南の南部勢が退却すれば、かならずや浅瀬石城の救援に向かうだろう。大浦勢が来る前に城を落としても、新手の援軍に勝てる余裕は無い。兵糧も乏しく兵は疲れていた。千徳政氏との昨日の戦いで多数が討ち死にし、負傷した兵も多い。

評議のすえ、北に進み浪岡を迂回して外ヶ浜へ出ることに決し陣を引き払った。

南部軍はその日、長谷沢（はせざわ）、高館（たかだて）、野際（のぎわ）、馬場尻（ばばしり）、十川（とがわ）へと進んだ。

高館では大浦方に味方する土豪、地侍や竹やりの土民たちに襲われたが構わず兵を急がせた。

敵との遭遇を避けて迂回した馬場尻の先に湿地とも池ともいえぬ水の原野が広がっていた。足を引き抜きながらぬかるみを進むと川にぶつかった。川幅は三十間ほどもあろうか。岩木川の支流、十川である。例年雪解けで増水する。

ここで足踏みすれば敵の追撃を受ける恐れがあった。日向は渡河を決行した。深浅（しんせん）も分からず、がむしゃらに河に飛びこんだので流されるものが続出した。溺れる人馬は見捨てざるを得なかった。

南部勢はずぶぬれになり寒さに震えながら浪岡にたどり着いた。暖を取るいとまも無く、こんどは安東愛季配下の銃砲隊が撃ち掛けてきた。構わずに南部勢は進み、軽井沢に至ってから態勢を整えた。

一方、為信は碇ヶ関からの南部勢退却を確認して浅瀬石に向かった。途中高木村で、浅瀬石からも南部勢が退却したとの報告を受けたので本隊は大浦へ引き揚げさせ、自らは近習の数名を伴い浅瀬石城へ向かった。

城に入って為信は千徳政氏に戦勝を賀し祝杯を交わした。

その間、政氏の三人の息子と宿老は為信を謀殺する是非につき激論を交わしていた。大浦家はいずれ千徳家を飲み込もうとするであろう。盟約を守るべきか、将来予見される禍根を断つべく為信を殺すべきか。殺すなら今がその絶好の機会ではないか。

「親父殿、殺るなら今だべさ」

息子の一人が政氏に強く迫り、ほかの息子は反対した。

政氏は為信の引き留めを図ったが、息子らが言い争い逡巡するうちに為信はさっさと引き上げてしまった。

多くが討たれ傷ついた南部の敗残兵は、新城川を下り善知鳥(うとう)の浜を迂回してようやく原正綱の兵と合流、そのまま南部へ落ちていった。

南部信直の反攻が終わったのを見定めて、為信は同じ五月に田舎館城の千徳政武を襲った。

千徳政氏の分家筋だが南部宗家とは姻戚上での繋がりが深い。津軽三郡のおもだった豪族は為信にあからさまには反抗せず協力の姿勢を見せていた。だが千徳政武だけは、いかに為信が調略を重ねても頑として受けつけない。南部宗家に背く輩と手は組めぬと言う。金吾たち大浦の譜代衆もその人品には一目置いていた。さまざまに懐柔策をとったが功を奏すことはなかった。

ついに為信は千徳政武を早々に討ち取るべく下知を下した。

攻撃の日、二千近い兵が田舎館城を囲み周辺の百姓屋は軒並み焼き払われた。攻城軍には千徳政氏の兵六百も含まれていた。城は天険の助けを望めぬ平らかな地形にある。勝敗は誰の目にも明らかだった。

三日目、政武は二百余りの手勢を従え城から打って出た。大浦勢に突っ込んだが軍馬に取り囲まれ押し潰された。奮戦したものの退路も絶たれ政武以下半数が討たれた。その後大浦勢が城中に討ち入って間もなく火の手が上がった。

夕刻、城は燃え落ち、守備兵のほとんどが討ち死にした。

為信は石川城攻撃から十五年目にして津軽に於ける南部側の主たる城をほぼ制圧した。

天正十三年五月。為信三十五歳である。

同年七月、為信は山形城の最上義光を訪問、そのあと京に向かった。京都生まれの深浦勘助など数名の家臣を従えている。なにせ京の人間に津軽の言葉は通じない。

秀吉は六月に長宗我部元親（ちょうそがべもとちか）を下し四国を平らげた。七月には関白の位を得、聚楽第（じゅらくてい）の普請も始めている。天下が固まる前に、獲得した津軽の地を秀吉に安堵してもらわねばならない。為信は最上家をとおして秀吉の幕僚や公家への働き掛けを急いだ。

京では鉄砲を買った堺商人の屋敷を宿とした。この堺の豪商は、北奥の地からきた髭の武将をおおいにもてなし、さまざまの便宜をはかってくれた。

為信が京に落ち着いてまもなく、大浦家に椿事（ちんじ）があった。

義父為則の長男と次男である五郎丸、六郎丸が川で溺れ死んだ。阿保良の弟である。

為信はまだ幼かった二人の名代として大浦家を継いだ。二人とも既に青年である。将来この二人のどちらかに家督を譲るものと思われていた。

岩木川の支流である平川と浅瀬石川が合流するあたりを藤崎という。この藤崎を流れる川の淵で二人は同じ舟に乗り、釣りをしていた。ほかに、老いた小者が櫓を握っていた。その船頭の話では、強い引きで立ち上がった六郎丸がまず落ちた。しばらく浮かんでこないので、いらだった五郎丸が飛び込んだ。五郎丸は水練(すいれん)の上手であった。しかし、いつまでたっても二人とも浮いてこなかったという。翌日、かなり下流で二人の遺体が見つかった。

京に訃報がもたらされ、為信一行は早々に津軽に戻った。すでに二人は荼毘(だび)に付されていた。為信が到着しても阿保良は出迎えず、部屋に籠っていた。

同乗した船頭は、遺体発見後姿を消し、数日後、川の下流から水死体で上がった。自責の念から身を投げたのではとの噂がたっただけで、やがて忘れられた。

為信は藤崎に二人を供養する寺を建てた。長雲山藤先寺(とうせんじ)である。

数年来、家臣たちの胸にわだかまっていた家督相続のことは口の端に掛かる前に消えた。

口には出さぬものの黒い疑惑が残ったが、もはや詮無きこと、だれもが沈黙した。為信は押しも押されもせぬ大浦家の当主となった。

同じ天正十三年の九月、為信は家臣を引き連れ鰺ヶ沢湊から上方に向けて船を出した。京に赴き公家への工作のかたわら、北辺の土豪たちにも天下の情勢を見せようとした。しぶしぶ従ったなかに森岡金吾もいた。金吾にとって京はあまりにも遠く思われた。しかし、船は大風に遭って流され、かろうじて北海道の松前港に辿り着いた。数名が海に落ちて行方不明となり、公家への贈答の品々も海の藻くずと消えた。数日後、海が凪いでから船を三厩（みんまや）にまわし、ほうほうのていで大浦城に戻った。

その年、為信は京への旅を断念した。いずれにせよ上方の情報はさまざまの人間により、さまざまの経路で集まる。

為信は津軽領内の監視もおこたってはいない。領内にはいまだ南部に同心する小領主や、敵味方いずれとも定まらぬ土豪が跋扈（ばっこ）している。油断はできなかった。

天正十四年（一五八六年）、千徳政氏の加勢を得て飯詰（いいづめ）（五所川原）高楯（たかたて）城にこもる北畠残党朝日左衛門尉を討ち取った。

この城攻めが、為信の盟友、浅瀬石城主千徳政氏が出陣した最後の戦いとなった。

翌年の天正十五年千徳政氏が亡くなった。齢七十五歳。南部の九戸政実に比する津軽の大豪族であった。政氏の助勢がなければ為信は南部に勝って今の領地を獲得することはできなかった。

政氏の跡は嫡男の安芸之助政康が継いだ。堀越城に来た政康は為信と固く盟約の継続を誓った。千徳家は大浦家にとって依然として同格の盟友であった。

同じ年、隣国秋田の安東愛季が戦陣で病に斃れた。

嫡男の実季（さねすえ）がわずか十二歳で跡を継いで間もなく、実季の従兄弟通季（みちすえ）が反乱を起こした。愛季の手で統一された安東家は再び分裂した。領土争いも絡んで実季には為信、通季には南部信直が加担し干戈を交えた。

実季が通季を破って安東家の再統一に至るまでには二年余が費やされた。湊合戦で知られるこの戦いの結果、南部、津軽、安東の領地の境界がほぼ固まった。

五　九戸政実

為信が津軽の平定につとめていた頃、秀吉は家康と和睦を図ったうえで、天正十五年（一五八七年）、九州に遠征し島津義久を降伏させた。西を平らげたからには、あとは東の北条氏を残すのみである。秀吉はすでに太政大臣に上りつめ、後陽成天皇から豊臣の姓をうけていた。新築の聚楽第に移り、秋になって北野で大茶会を開いた。

翌天正十六年の春に、秀吉は天皇を聚楽第に招き宴を開いた。一方で、秀吉は全国で検地をおしすすめ、この年、刀狩令を発令した。

東北においては私戦禁止令ともいうべき関東奥羽惣無事令（そうぶじれい）がこの年に出された。もはや地方においても城を攻め力で土地を切りとることは許されない。秀吉は領主にその領地を安堵しつつ検地を急いだ。検地で収穫高が決まり領土の石高が確定される。領主は石高に応じた労役や軍役を秀吉に対し負うことになる。

津軽の領地を安堵する朱印状を得るため為信は秀吉との接見を急いだ。
以前から、重臣八木橋備中が京を往復して、五摂家筆頭の近衛家に誼を通じていた。さまざまに援助した見返りとして近衛家に繋がる家系図を作って近衛家に差し出し、その認証を待った。源氏から藤原氏に鞍替えし、為信から二代前の政信が近衛尚通公の猶子であるとする新しい家系図である。

天正十七年(一五八九年)十二月、八木橋備中は多数の馬と鷹を携え陸路で京に赴いた。到着早々、近衛家で家系図とその認証を受け取った八木橋は秀吉のいる聚楽第へと向かった。

謁見を許された八木橋は秀吉に為信の親書と家系図を差し出した。秀吉も出自を近衛家に求めてから関白の地位を得ている。

秀吉は、駿馬と鷹の献上に礼を述べ、北辺から来た八木橋一行をねぎらった。また為信のために領土について好意的な返書をしたためた。

しばらく前から南部家は前田利家を通じて大浦為信と九戸政実につき惣無事令違反を申

し立てていた。しかし秀吉は、政実については嫌疑があるが為信は咎無しとして津軽領を承認、津軽右京亮（つがるうきょうのすけ）の名で安堵した。

翌天正十八年二月、為信は三十人足らずの家来を連れて海路を京に急いだ。

敦賀に上陸して京に着いたとき秀吉はすでに東海道沿いを小田原城に向かっていた。北条氏討伐のため十数万の軍勢が各地から小田原に集まりつつあった。

為信はあとを追いかけて東海道をかけ上った。

四月、小田原城を包囲する陣構えが落ち着いた頃、為信は秀吉に拝謁することができた。小勢とはいえ武者姿で為信は秀吉の前に進み出て参戦を申し出た。秀吉は機嫌よく為信をねぎらい昨年の馬と鷹の献上につき礼を言った。

このとき為信は豊臣政権により鼻和、平賀、田舎の津軽三郡と外ヶ浜一円の所領を正式に安堵された。

これ以降、為信は大浦ではなく津軽氏を名乗った。

六月、あとを追うように南部信直が嫡子利直とともに兵一千を引き連れ小田原に入った。このとき信直には南部内七郡の領土が安堵された。さらに信直が恐れながらと、為信の惣無事令違反を咎めたが覆ることはなかった。為信の先手勝ちである。

七月に入って北条氏は十数万の軍勢に包囲されるなか戦うことなく降伏した。北条早雲が旗揚げし関東に覇を競ってほぼ百年、北条家は滅亡した。

秀吉は宇都宮をへて京に戻った。家康は北条家の領土も含めた関東一円の支配を任されて八月、江戸に入城した。

九月に入って早々、前田利家が東奥巡検使として津軽に入り検地が行われた。堀越、大浦、浅瀬石の三城が一行の宿所となり、広く郡内を巡って指出（さしだし）をもとに検地帳が作られた。

その結果、津軽領分表高は四万五千石と決定。うち太閤蔵入地は一万五千石とされた。さらに巡検使は、懸案となっていた外ヶ浜の南部藩との境界を狩場沢（かりばさわ）と定めた。

師走に入って、為信は検地を終えた利家と同行して京の秀吉のもとに赴いた。正妻阿保良と嫡男信建、次男の信枚を伴っている。

聚楽第で秀吉に謁見し正式に津軽領の朱印状を下付された。

為信は阿保良と信建を京に残して帰路に着いた。秀吉は大名の領地を安堵し、引き換えに各大名の家族を質とした。なお元服を終えていた信建は、その後しばらくして石田三成に仕えた。

天正十九年（一五九一年）、前年の奥羽仕置きに反発し奥羽の地で葛西及び大崎の乱、そして九戸政実の乱が引き続き起こった。

秀吉は小田原参陣の大名には所領安堵したが不参の大名はことごとく所領を没収した。さらに豊臣政権に組み込まれた大名にたいしては、検地のうえ一城一国を原則とすること、臣下は城下に移住すべきこと、重臣の質を取るべきことを強制した。大名の城はひとつだけとし、あとの城は破却すべしとした。

奥羽の豪族は猛烈に反発した。足軽からのし上がった秀吉に対する反発もあった。

奥羽では葛西、大崎、和賀、稗貫（ひえぬき）など、出羽では仙北（せんぽく）、藤島などが一揆を起こした。南部では信直に敵対する九戸政実が櫛引清長、七戸家国、久慈政則ら反信直派と一揆を結び、宗家である南部信直からの下知を黙殺した。

秀吉の命令とはいえ、城を手放したうえ信直なんぞの家来にされてたまるかというのが政実たちの思いであった。政実は九戸城の防備を強化し対決姿勢をあらわにした。

この年、三月に入り政実が城を固めて周辺を蚕食し始めたことを見定めて、信直は嫡子利直と北信愛（きたのぶちか）を京に派遣した。利直は秀吉に拝謁して、政実とその一味の惣無事令違反が明らかであることを訴えた。六月には信直自身も上洛、秀吉に奥羽に対する仕置き軍の下向を願い出た。

為信のもとに豊臣秀次から出陣命令が下されたのは八月に入って早々であった。

為信は二千の兵を率いて南部に向かった。碇ケ関から秋田領に入り山地を東に進み南部領名久井に入ってから馬淵川を上った。

馬淵川東岸には九戸城が満を持して屹立していた。城を見上げる西岸に為信は陣取った。

九戸城のまわりには、秀次を総大将として十万の大軍が幾重にもひしめきあっていた。

葛西と大崎の乱はすでに七月、伊達政宗、蒲生氏郷（がもううじさと）らのよって鎮圧された。大崎では刃向った領主以下二千五百人の老若男女ことごとく撫で斬りにされた。惣無事令に違反するものはすべて成敗せよとの秀吉の命令通りで容赦は無かった。政実討伐はいわば奥羽仕置きを締めくくる苛烈ないくさとなった。

九戸政実は、櫛引清長らの兵をあわせた五千が城に立てこもった。当初は城兵の意気も高く寄せ手を押し返していたものの次々と繰り出す新手の襲来に疲労を癒す間もなかった。

死傷者も増え兵糧も不足してくると城内に厭戦気分が漂った。

軍議の席上、講和に言及する者を叱咤する武将はもういなかった。それどころか政実の決断をせまった。落城は目の前に迫っていた。

「降伏しても一人残らず殺されるべし。そだば潔く討死するのみでがんす」

政実は言った。

大崎での殺戮をだれもが知っていた。疲労が気力を失わせ、いのちを惜しむ気分が城内にひろがった。

包囲側は城内の空気を読んだうえで調略を図った。

政実が帰依する九戸家菩提寺の住職が降伏勧告に城内に入った。降伏すれば秀次殿が太閤殿下にとりなしをして、城兵について助命するという。

評定は割れたが政実の決断で開城に決した。

しかし翌日の開城から三日も経ずして城には五千を超えるむくろが累々と横たわった。侍のほとんどは首を掻き切られた。侍でないものは斬殺されるか、閉じ込められて焼かれた。政実はじめ、主だった武将の首は城門に晒された。

為信の軍は自陣から動かなかった。秀次から攻撃の下知がないまま開城から滅亡にいたるまで見守った。

これに対して南部信直は進んで先陣を切り、兵の損耗もいとわなかった。

為すすべもなく森岡金吾は盟友政実の滅亡するさまを見守った。為信は政実とは書状のやり取りのみで直接会ってはいない。だが金吾は政実と互いに何度も行き来して見知った仲だった。政実の磊落な実直さ、頑固さが好もしかった。

八甲田の険を挟み盟を約して二十数年。信直が津軽に反撃を企てたとき背後で兵を挙げ攻撃を断念させたのは政実だった。信直が全軍でいっせいに津軽に侵攻すれば大浦千徳連合軍は壊滅したであろう。政実がそれをさせなかった。

二十年前、父の郡代高信を石川城で討たれて以来、信直は津軽奪還を片時も忘れなかったに違いない。しかし南部家の内紛が収まらぬまま年月が経った。その間為信は領土の経営に努め、惣無事令も直前に切り抜けて、ついには秀吉から領地の安堵を得た。

対する政実は信直に膝を屈することが出来ぬばかりに秀吉の怒りを買い一族は滅亡した。

政実と交わした酒盃、その男らしい微笑を思い返すと、金吾は無力感に襲われた。

その日、為信から急ぎ陣を引き払うよう命令が下りた。急なことだった。

金吾は為信のもとへ急いだ。

為信は小具足で床几に座っていた。髭をさかんにしごき、いらだっている。

「金吾、早々に引き揚げるべし」

為信は不機嫌だった。

「どうされましたがの」

金吾が聞いた。

「信直が駄々をこねでるのさ」

為信は吐き捨てるように言った。

評定のあと南部信直は、軍監浅野長政と蒲生氏郷に為信の仕置きに付き再吟味するよう、あらためて願い出たという。だが秀吉の朱印状が下りた今、覆るわけもない。

信直は為信が政実と一揆同心したゆえ成敗すべしと強く主張した。浅野長政に退けられはしたが信直とすれば無念であろう。為信も政実同様、南部家の反逆者ではないか。

浅野長政から帰国の許しを得て為信は陣を引き払った。


全軍を率い早々に馬淵川に沿うて上流へ軍を進めた。豊川から西進して山地に分け入り十和田湖を目指した。南部領内で宿営すればおのずと兵は領民と接触する。ほとんどの領民は津軽兵に敵意を持っている。不測の事態を避けるため休まず進み、日没前に十和田湖畔に出た。

青い山々に囲まれた湖面は鏡のように鎮まっていた。

湖畔を渡る涼風が疲れ切った津軽の兵たちを包んだ。人間も馬も汗にまみれていた。

ここで全軍は南部を出てはじめての休息をとった。

もろ肌を脱いで汗を拭いていた為信が、金吾を見やった。金吾は虚ろな眼差しを湖面に向けていた。

「具足を外せじゃ、金吾」

為信の声に気がついて振り向いた。

「政実殿が目なぐに焼き付いてるのせ。あったら最後だじゃ、なんとも……」

金吾は声を落とした。

為信はじっと金吾を見て冷然と言い放った。

「おめえさんも年を取ったのだべし。気に病むでね」

「昔からの誼を通じた仲でさね。この期におよんで何もしてやれなんだじゃ」

「自業自得つうもんださ」

しばらく間をおいて、為信は金吾を見て冷笑した。

「高信の首をとれと言ったおめの言葉とも思えねえのう」

それを聞いて、金吾は言葉を失った。


九戸政実が滅亡したこの年、津軽為信は秀吉政権下の一大名としてその地位が確定した。

南部の反攻はもう有りえない。秀吉の奥羽仕置きは政実でもって終結したのだ。

領外からの脅威は消えた。だが為信には津軽領内を統一する仕事が残っていた。よほどの強権なくして秀吉の命ずる一国一城策を成し遂げることはできない。

千徳氏をはじめとする領内の武将は為信の臣下というわけではない。南部へ出陣した津軽軍にしても有りようは津軽の在郷から掻き集めた連合軍だ。為信を同輩格と見、為信を頭に祭り上げたのは我らだと考える領主も多々いる。城を破却して人質を差し出せとはまだ言えない。

津軽全域を制圧しすべての武将を意のままに出来る武力も威信も、まだ為信にはない。

六　千徳氏滅亡

天正十九年（一五九一年）、秀吉の全国制覇は成就した。

この年、秀吉は明と朝鮮を武力で征服する決意を固めた。九月には諸大名に明年出陣すべく命令が下された。秀吉が死を迎えるまでの七年間、十五万におよぶ軍勢が海を渡り朝鮮と明を相手に戦った。秀吉軍の先鋒は平壌にまでおよんだ。文禄の役、そして慶長の役である。

軍旅の配慮から、渡海した大名は西国、畿内、関東に多かった。為信など奥羽大名は進発基地である備前名護屋（びぜんなごや）に兵を送り滞陣したが、伊達政宗以外は渡海を免れた。

だが北奥羽の大名は渡海用の船材の調達を命じられた。安東氏が山中で伐採した秋田杉を津軽氏らが受け取り、これを備前まで搬送するという課役だ。さらに伏見城普請の用材調達なども引き続き命じられた。兵役にも勝る過重な労役である。

天正二十年（文禄元年）。為信は雪解けを待って兵百名を率いて大浦城を出立した。

日本海を海路と陸路で繋ぎ四十日ほどで備前名護屋の秀吉の陣に到着した。

秀吉の陣である壮麗な名護屋城は全国から集められた大名の陣屋に囲まれていた。

真直ぐに伸びた十間ほどの広い道は、武士はいうに及ばず、町人、武器職人、物売りから、芸人にいたるまで繁華な宿場町のように賑わい、大きな町が生まれていた。

為信にたいして秀吉は機嫌よく遠路の旅をねぎらい、前年の政実征伐への出兵を謝した。

為信は韓国晋州(しんしゅう)城の攻城衆に組み込まれ、しばらく滞陣したがやがて帰国を許された。

兵たちを海路で津軽へ帰還させる一方、為信は少数で瀬戸内の沿岸を京に向かった。

京では近衛家を訪問、以前に依頼した牡丹丸の紋章を賜った。津軽家の定紋である。

この時、為信は京、大坂に邸宅をもとめて数名の家来を残した。

これ以外にも為信は駿府、敦賀など数ヶ所に屋敷を設け家来を置いている。情報収集、そして人材を集めるのが目的である。

文禄三年（一五九四年）四月、為信は本拠を大浦城から堀越城に移した。

堀越城は岩木川流域のほぼ中央に位置する。多数の家臣を集めたうえ、町人、職人などを住まわせる城下町をつくるには広い土地が必要だ。為信は前年から堀越城の拡張を進め、同時に掘割を広げ道路網の普請を急いだ。

一方で領内の豪族や領主に対して為信は豊臣政権から言い渡された命令の実行に取り掛かった。一城一国を原則とする城郭の破却と家族を含む重臣たちの堀越への移動である。浅瀬石城の千徳安芸之助政康に対しては家臣団を縮小し再編成すべきこと、城を囲む水堀はすべて埋めるよう指示を下した。さらに為信が妻子を人質として伏見城に送ったように、千徳政康をはじめとする領主たちに人質を堀越城に送るよう命じた。

千徳氏をはじめとする津軽の領主たちの不満や反発がひそかに聞こえてきた。

彼らは為信を津軽の統率者と認めていたが、おのれを為信に従属するものと認めたわけではない。有無を言わさぬ命令は古くからの土豪や地侍を戸惑わせ反発を買った。といって秀吉からの命令を指示する為信に表立って楯突くわけにはいかない。

なかには堂々と言い訳を述べて引き延ばし策を図る面従腹背の土豪たちもいる。

為信が津軽全域を完全制圧するにはまだ紆余曲折が必要だった。

文禄四年、朝鮮では日本軍の苦戦が続いている。緒戦の勢いはとうに失せていた。海戦で大敗し制海権を奪われたため武器兵糧の輸送もままならず前線は孤立していた。現地での飢饉もあって兵は痩せ衰え病死者が続出した。

伏見城の秀吉に三月、朝鮮で戦っている島津義弘から塩漬けの虎が送られた。

朝鮮での苦戦は秀吉に伝わらぬ一方、小西行長はひそかに明との和議を進めていた。

九月、秀吉は謀反を疑った甥の秀次を高野山で切腹させ、秀次の妻妾子等三十余名をことごとく京の三条河原において処刑した。

文禄五年（慶長元年／一五九六年）二月、千徳政康は為信から呼び出しを受けて堀越城に赴いた。折り入っての相談とのことで、政康は四歳になる嫡子も同行させた。この折に為信にお目見えをと思っていた。

政康親子との挨拶がすんで、政康は為信にいざなわれ廊下の向こうに消えた。

しばらくして突然、甲高い叫び声が城中に響き渡った。

「千徳政康の謀反じゃ。謀反だじゃ」

付き添っていた老臣の勘右衛門以下三名が立ち上がり部屋を出ようとしたが、すぐに数人の屈強な武士に阻まれた。いずれも刀に手をかけている。

「動げばまいね。静かにされよ」

威圧され、にらみ合っていたところに、一人の武士が急いで来て断じた。

「乱心したじゃ。政康はいきなりわが殿に切り掛かったのせ。よって成敗したじゃ」

勘右衛門らは茫然として声も出ない。

「そしたらごとが……」

政康の家臣らは部屋から刃傷の場に連れ出された。

政康はうつぶせに倒れていた。直垂を袈裟に切られて血にまみれ、伸ばした右手には短い脇差が光っていた。

そこに為信が姿を現し、政康の家臣らを睨みつけた。

顔を真っ赤にして髭を震わせると、大声で叫んだ。

「どんだばあ、乱心は政康だげが。お前らはどうすべえな」

仁王立ちした為信はさながら地獄の赤鬼であった。

さきほどの穏やかな為信とは別人であった。

老臣らは膝をつき、頭を垂れた。

「滅相もねえでさ。たしかに、政康ひとり、ひとりだげの乱心ですじゃ」

勘右衛門が搾り出すような声で言った。

嫡子を守らねばならない。無念で膝をつかんだ手が震えた。

十一年前、南部の反攻を撃退したさい為信は浅瀬石城に立ち寄った。

(あのとき、討ち取っておれば)無念だった。

為信を謀殺すべく千徳政氏は為信を引き止めた。それに反対し阻止したのはほかならぬ政康だった。

病死とされた政康のあとは弟の政保(まさやす)が継いだ。家臣の居並ぶ席で政保は千徳家の結束を訴えた。

しかしその後、為信は政保の家臣木村越後らを次々と篭絡した。

翌慶長二年二月、浅瀬石城を急襲、政保を自決させた。

およそ百年前、南部から津軽へ進出して勢力を蓄え岩木川中流域に七千石余を有した名門千徳氏もついに滅亡した。

千徳氏が亡びて為信を凌ぐ武将はいなくなった。為信は津軽をほぼ完全に制圧した。

慶長三年（一五九八年）三月、地震が続いたあと、岩木山が噴火した。

津軽に住む誰もが初めて目にする大地の怒りであった。

朝夕仰ぎ見ていた御岩木様が耳をつんざくほどに咆哮し、津軽の人々は恐れおののいた。

赤黒い巨大な火柱が雲を突き抜け、稲妻が走った。

噴煙は高く上がってから東に大きく広がった。

火山灰が数日にわたり津軽平野に降り注いだ。たちまち一帯は黒い雪原と化した。

ひと月あまりで噴火はおさまった。

山の頭頂部が吹き飛んだため、荒々しい山容に変わった。

五月に入り江戸屋敷から訃報がもたらされた。三年前から徳川秀忠の近習を勤めていた為信の次男信堅がにわかに病死した。

秀忠への忠義とその聡明さゆえに高く評価された二十歳の若者であった。

この年秀吉は朝鮮への再出兵を命令した。慶長の役である。

前年、秀吉は伏見城で明使と引見、屈辱的な国書に激怒している。小西行長のもくろみは失敗に終わった。再び十四万の日本軍が渡海した。

全羅道、慶尚道、忠清道を進み京城に迫ったが、徐々に苦戦を強いられ一進一退するうちに寒冷期を迎えた。

日本水軍は一時、制海権を奪還したものの、李舜臣率いる朝鮮水軍に再び敗れた。兵糧欠乏に加えここ数年、朝鮮内の飢饉続きもあって日本将兵は困窮をきわめた。三月に入り防備を固める一方で、一部の軍勢は撤退し帰国を始めていた。依然として十万余の日本軍が陣を構え城に籠ってはいたが、急速に撤退へと向かった。

秀吉にはすでに死にいざなう病が兆していた。病は身体の衰えとともに将来への不安と猜疑心を増殖させた。秀吉の思いはただただわが子秀頼のことでいっぱいとなった。

豊臣家と秀頼の安泰を確かなものにするべく八月に亡くなるまでに秀吉は、家康をはじめとする諸大名に何度も誓書を書かせた。

慶長四年（一五九九年）、為信の長女富姫の婿に元北条家家臣の大河内左馬助が迎えられた。足利氏の血を引く名家の出である。大光寺城を与えられ津軽建広を名乗った。

堀越城での婚礼の席には伏見城から帰っていた阿保良、富姫の妹梅姫が並んだ。為信は上機嫌で少し白くなった髭をしごいた。

嫡男の信建は大坂城で秀頼に仕え、三男の信牧は前年病死した信堅の跡を継ぎ江戸城で秀忠の近習となっていた。

秀吉の死後、政治は家康ら五大老と石田三成ら奉行衆の合議で決めることとなっていたものの、家康の専横のため既に形骸化していた。家康は秀吉との誓書を無視して伊達家や福島家との婚姻政策を次々と進めた。三成が詰問状を家康に突き付けたことで対立が一気に激化したが、このときは生駒一正（いこまかずまさ）ら三中老の調整で収束をみた。だが対立が解消するはずもなく、諸大名は家康をとるか三成をとるか、その選択を迫られた。

前田利家が亡くなると家康はあからさまに諸大名に対して尊大となった。

七　関ヶ原

慶長五年（一六〇〇年）、関ヶ原合戦の年である。

正月、為信は京での公家へのはたらき掛けが功を奏して藤原の姓を称し右京太夫となった。官位は従四位下である。

叙任の祝賀もそうそうに津軽家は大きく揺れ動いていた。上洛を拒否した上杉景勝を討伐すべく家康は諸大名に出陣を要請、為信にも徳川秀忠から出陣の命令が届いた。

家康が会津に出陣後、三成も家康の罪状を連ねた書状を諸大名に送り付けた。

大坂城には信建、江戸城には信牧が出仕している。為信はふたりに、ただ一心に奉公せよとのみ申し送った。

津軽堀越城においても重臣会議が幾度となく開かれた。各郷の城主、譜代、豪族など主だった武将が参集された。

「思うたごと、遠慮なくしゃべるべし」

為信の言葉を受けて、口の重い津軽の武将たちも少しずつ想いを吐露し始めた。

森岡金吾は、断じて石田三成方に味方すべきであると主張した。

「津軽家領地の安堵はひとえに前田利家、石田三成ご両人の取り成しによるものだじゃ。また嫡男信建様は三成殿の手を頂いて元服すたじゃ。そのご恩を忘れてはまいね」

為信はじっと重臣たちの意見を聞いている。

金吾のように三成の西軍を押すもの、家康の東軍を押すものに評定は分かれた。

津軽人にはおのれの考えを変えることを変節や屈辱と見做す頑固さがある。次第に議論は熱を帯び高ぶった声が響いた。為信は髭をしごきながら黙って聞いていた。

数日後、二度目の評定が開かれた冒頭で為信は宣言した。

「我(わ)は今後、家康殿の下知に従うじゃ。左様心得るべし」

評定の席は、快哉や落胆の声でしばし騒めいた。互いに眼を見合せては頷く者、首を振ってため息をつく者も。

「殿がそのようにご決断すたのであれば」

金吾が切り出した。

「われら従うのみ。んだべさ、皆の衆」

評定衆を見渡して叫んだ。

宿老兼平綱則、小笠原信浄の二人が大きく頷くのを皮切りに、西軍を押した武将たちも為信の決断に従うことを約し声を合わせた。


慶長五年三月、阿保良はまだ雪に覆われている堀越城をあとにして大坂城に向かった。三成は大名に妻子を大坂城に預けるよう命じており為信はそれに従った。

六月、年明けから地震が続いたあと岩木山がまた噴火した。二年前よりはるかに大きな噴火だった。

轟音とともに黒い噴煙が勢いよく雲を貫いた。

大きな火山弾が周囲に降り注ぎ、火口からは赤い溶岩が盛んに噴出して溢れ流れた。

空を厚く覆った噴煙は津軽野を闇に閉ざし、やがて火山灰が降り始めた。

南山麓に下った溶岩は火砕流を伴って集落を襲い少なからぬ死者を出した。

噴煙は雲の上をはるか東方に流れ八甲田の峰を越えて南部に達した。

火山灰は津軽野をやしなう岩木川流域、南部の馬淵川流域一帯に降り注いだ。

春先の耕したばかりの田畑は灰色に染まった。

ひと月ほどで噴煙は小さく白くなり大地の怒りは終息した。

百姓たちは黙々と田んぼと畑を覆った火山灰の掻き出しを始めた。

働き手をいくさに取られたうえに、火山灰のため収穫も望めずその表情は暗かった。

その白い噴煙を振り返りながら為信は二千の軍勢を引き連れて堀越城を出陣した。

大鰐（おおわに）から西奥羽の峰に分け入り、秋田、山形の海沿いに能登をめざす。秀忠から命ぜられた岐阜大垣城の攻撃に参ずるためである。

大垣城は主戦場の関ヶ原に接することから西軍主力の一翼を担う。

直轄部隊とは別に為信は、兵二百を海路で大坂城に向かわせた。秀頼を守る信建の指揮下に入ることで三成方へも配慮した。

一方、北奥羽の為信を除く大名は上杉景勝を討伐せよと家康から命ぜられた。

伊達、最上、秋田、南部らの軍は会津若松をめざして軍を進め、その後は景勝の家臣直江（なおえ）兼続（かねつぐ）らを相手に一進一退を繰り返した。

為信が出陣して数日後のこと。

森岡金吾は森岡家の菩提寺である久渡寺での親族の法要に出た帰途、今後のことを考えながら歩いていた。朝もやも消えて日差しが眩しい。

堀越城の城代である金吾は為信出陣後は城のすべての政務をみなければならない。まずは三成方への対応である。返書は豊臣家に対する変わらぬ忠心を述べねばならない。

金吾は、両天秤はやむを得ないと思いつつも家康に加担する為信に不満を感じる。西軍を優勢と見る金吾としては大坂城の信建のもとにこそ二千の兵を送って欲しかった。

国見坂の杉林は木漏れ日が降り注ぎ、小鳥が鳴いている。杉の小枝を敷き詰めた狭い小道を供の老人が先を歩いた。

「蒸し暑い日になりそうですじゃ、旦那さま」

いつもは口数の少ない老人が振り向いて声を掛けてきた。

「森岡様」

背後に声がした。

「おや、これは鍛冶殿でねえが」

鍛冶仁左衛門が笑顔で立っていた。

「墓参りでさね」

鍛冶はにべもなく言った。

無骨者と評判の男がひとり墓参りとは何事かと、金吾は少々驚いた。

とは言うものの、いつも為信に随従しているこの男が出陣もせず、なぜここにいるのか。

三人は一間ほど間を置いてゆっくり歩いていた。

「ところで、お前さまは」

言いかけて振り向くとすぐそこに、険しい仁左衛門の眼があった。

突然、鋭い痛みが胸を突き抜けた。息が出来ない。

刃を引き抜かれて金吾は膝を折り前のめりに倒れた。

土と杉の葉のにおいがした。

死は恐れていなかったが、なぜ今なのか。口の中が血のにおいでいっぱいになった。

意識が薄れるなか金吾は為信の声を聞いた。若き為信が高信の首を足蹴にして叫んだ時の声だ。声のむこうに眼を見開いた為信の顔がある。

為信はみずから羅刹になることで為しえぬことを為した。金吾は薄々それを悟った。それがなぜこの金吾にも及ぶのか。西軍を推したからだろうか。

為信が金吾を指さし何事か叫んだ。だが仁左衛門が供の老人に大声でわめき散らしていたので、金吾には聞こえなかった。すぐに意識が遠のいた。

数日後、にわかな卒中で死去した筆頭重臣森岡金吾信元の葬儀が久渡寺で執り行われた。

喪主は家督を継いだ嫡男の忠左衛門が勤めた。


八月、大垣城を包囲している為信からの使者が堀越城に着いた。沼田久蔵である。

為信がしばしば部屋に呼び入れては密議をする近臣の一人だ。為信が信を置く軍師の一人である。

屈強な二人の武士を従えている。三人とも汗とほこりにまみれていたが、眼差しは鋭く、動きは静かだった。

にわかに集められた評定の席で久蔵は為信からの増派の命令を伝えた。

城を短期で落とすためにも兵力が足りぬ。数日で兵を集めるだけ集め、久蔵の部下の先導で海路大垣城を目指すと言う。

城から何頭もの早馬が出た。周辺はがぜん出兵準備で騒がしくなった。

出陣は三日後とされた。

その夜久蔵は重臣の金勘解由左衛門（かげゆざえもん）を訪ねて、遅くまで屋敷に留まった。

三日後。集められた津軽兵は約三百名。遠くから来た地侍とその配下である。

鬢に白いものが目立つ侍もいる。もはや若者は少ない。

三々五々、具足箱を背負って彼らは汗まみれで鯵ヶ沢湊に集結した。

十艘を超える船が兵を乗せて次々と出港し、敦賀（つるが）を目指した。


援軍が出立した翌日の午後、堀越城で評定が開かれた。譜代老臣、出陣した地域の土豪や城主が集まった。

久蔵が、畿内の西軍の状況、家康等の動きを述べ、そのあと各自が意見を述べ、想いを吐露した。

兵を送り出したはいいが、はたして加勢する家康の東軍は勝てるのか。兵力では西軍が優っているとの噂もある。いや、まだ旗幟を鮮明にせぬ大名も西国では多いと聞くがどうなのか等々。

評定では以前から西軍を強く支持していた武将が三名いた。三ツ目内城主の多田玄蕃(げんぱ)、尾崎城主の尾崎喜蔵、石川城主で譜代老臣の板垣兵部信成。

為信不在の今、彼らはめいめいその不安を口に出した。彼らの領地からも今回多数、鍬を刀に替えて足軽が出兵していた。これ以上男手がなくなれば収穫作業に支障が出る。しかも今年は火山灰のせいで大幅な減収となろう。百姓が飢えて逃散するようなことは避けたい。早くいくさが終わって欲しいものだ。みな似たような愚痴をこぼした。

評定は半ときほどで終わった。みな席を立って退出したあと多田、尾崎、板垣の三名が残った。為信から内密の命令があると久蔵から耳打ちされたからだ。

そのとき、評定の部屋からさほど遠くない薄暗い一室には二十名余の武士が待機していた。金勘解由左衛門と配下の侍たちだ。刀に手をかけてじっと動かないが、瞬時で飛びだす覚悟がありありと見えた。

しかも具足を身につけている。汗まみれである。彼らは先頭にいる左衛門の命令を待っている。

その左衛門はすこし開けた襖から、廊下の向こう嫡男金小三郎信則の背中を見ている。

小三郎も膝をついて、合図を待っていた。

やがて、悲鳴とも怒号ともつかぬ声が城内に響いた。

小太郎が振り向いて手を挙げた。

「掛かれじゃ」

襖を開けて左衛門が叫ぶと武者たちはいっせいに飛び出した。

はんときもせず惨劇は終わった。三人の武将とその家来はいずれも歴戦のつわものでありやすやすと討ち取られはしなかった。双方、血みどろで刃を交わした。うめきと血の匂いが充満する城内を真夏の風が吹き抜けた。武者たちは荒い息で血潮のなかに倒れているむくろを見下ろした。

三人の重臣もその家来の面々もかれらは見知っていた。南部を敵とし、ともに戦った同志同輩である。肉親を殺戮したかのように彼らは慄然と佇んでいた。


津軽家の藩史には次のように記録された。

板垣兵部信成、多田玄蕃、尾崎喜蔵は西軍に加担せんと為信不在の堀越城を突如急襲して占拠、留守を預かる多数の家臣を殺害するに及んだが、金勘解由左衛門とその嫡男小三郎らの命を惜しまぬはたらきをもって謀反軍は殲滅されたと。

後続した津軽兵は予定通り為信本軍に加わった。攻城軍は為信のほか、三河戸田宗家の松平康長、浜松の堀尾忠氏、駿河の水野勝成などである。

関ヶ原での勝敗が決したあとも城主福原長堯は開城を拒んだが、相良頼房ら内応者が籠城を主張する武将らを謀殺、東軍を城内に引き入れたのでいっきに落城した。

城の明け渡しも終わってほどなく為信は家康の許しを得て帰途についた。

津軽は刈取りも終え、野面や山には秋の気配が漂っていた。山頂の形を幾度も変えた御山は薄い噴煙を漂わせながらも、もとの穏やかな山容を見せていた。

謀反を鎮圧した功により金勘解由左衛門は加増され、嫡男小三郎も為信から褒賞を受け重臣に抜擢された。

板垣ら謀反を企てたものに対し為信は、許しがたいこととはいえ津軽家をおもんばかっての過ちとして寛大な沙汰を下し、その家名だけは取り潰すことなく存続を許した。

国許の始末を終えると為信はすぐに堀越城を出立、その年のうちに京の屋敷に入った。

伏見に赴き家康に拝謁したあとは、誼を結んだ公家や幕府の重鎮らを回った。

為信は家康から関ヶ原出陣の戦功として上野国大館領二千石を与えられた。さらに津軽領四万五千石に含まれていた太閤蔵入地一万五千石についても自領への編入を許された。

為信の所領は合わせて四万七千石となった。

津軽で為信の下知に異を唱える領主はもういない。

八　津軽信建

関ヶ原の翌年、慶長六年（一六〇一年）三月、為信は堀越城に近い清水森で慰霊の大法会を催した。

挙兵して今日を迎えるまで多くの血が流された。武士だけではない。百姓町人、名も知れぬ多くの民が戦いに巻き込まれた。

さらに、度重なる飢饉のため不本意な生を終えた民は数知れない。徳川政権のもとで平和が訪れた今、敵味方を問わず慰霊するに良き機会であった。

十日間にわたり、大きな須弥壇の前に数十人の僧侶が並び法華経の千部転読を行った。津軽全域から老若男女が詣でて、戦いで命を落とした肉親や滅亡した領主、その一族を弔った。

慰霊祭の四日目、近くの小さな念仏堂で一人の女性が自決した。残された遺書から、十七年前に為信が討った田舎館城の城主千徳政武の妻、於市と知れた。十七歳で城を逃れて南部に逃れることもなく山里にひっそり住まいしていたという。

まさか自決するとは思わなかったと供の女人は慟哭した。為信は於市を懇ろに弔うよう命じた。

その年、雪が積もる前、為信は堀越城を出て黒石の館に移った。堀越城は大坂城から戻った嫡男信建をもって守らしめた。次男信牧は近くの福村の館に住まわせた。

黒石は八甲田山を背にして津軽平野と岩木山が見渡せる要害である。といっても南部勢が八甲田を下って津軽を襲うことはもはやあり得ない。この地で為信は短い晩年を過ごした。

慶長七年二月、津軽には雪が降り続いている。

関ヶ原以来、為信は久方ぶりに正月を津軽で迎えていた。黒石の館には信建の嫡男、三歳になる熊千代が遊びに来ていた。熊千代の母は譜代一戸兵庫介の娘で正室ではない。熊千代には信建の家臣が二人付き添っていた。天藤衛門四郎、小太郎兄弟である。二人は信建の家臣となる前までは堀越城で為信に仕えていた。兄弟は為信に信建の近況を報告したあと知り合いの家臣と話していた。このとき、天藤家を破滅に追い込んだ椿事が起こった。

二人が眼を放した隙に、熊千代は走り回った挙句、囲炉裏に頭を突っ込んだ。館中に熊千代の悲痛な声が響き渡った。大騒ぎして熊千代の手当てにつとめ、一刻ほどでやっと落ち着いたものの、右ほおから頭に掛けて大きなやけどを負った。

為信は、熊千代を動かさず暫くここで養生するがよかろうと天藤兄弟に言った。呻いている熊千代を雪のなか、連れ帰るわけにもいかぬと兄弟が思ったのは当然であろう。ただ、信建にそれをどのように言上すればよいか。信建は熊千代を溺愛していた。城主となった信建は癇性の質である。烈火の如く怒るだろう。正直に申し上げるよりあるまいと思いながら、二人は雪道を急いだ。

二人より先に為信は事の経緯（いきさつ）をしたためた書状を使者に持たせ、堀越城へ急がせた。為信は熊千代の事故を詫びていた。

だが、信建は父に疑惑を抱いていた。

信建は津軽に帰着以来、ひとり不安と孤独のなかにいる。

信建は西軍の武将として二百人の兵とともに大坂城にいた。秀頼公の守護が名目であり、同時に万が一に備えた津軽家存続の二股策でもあった。もちろんすべては為信の指図である。

西軍が敗れたのち、ほどなく毛利輝元が大坂城を退去した。家康が城に入る前に信建も兵を率いて津軽に帰った。

帰ってみると、かつて信建を盛り立てた森岡金吾をはじめとする西軍派の武将たちはすでに駆逐されていた。すべて父為信の仕業であろう。かつての西軍派はいまや信建ただ一人ではないか。

為信と弟信牧はすでに帰着しており城内は戦勝気分に浮かれていた。しかし、信建の立場は微妙であり気持ちは揺らいだ。二股の策を講じて津軽家の存続に成功はした。だが、外れくじを引いた信建はどのように振る舞うべきか。

為信は帰った信建に慰労の言葉を掛け城も譲った。堀越城を与えた父為信の真意は奈辺にあるのか。

さらに信建はおのれの将来を考えた。石田三成の手で元服し秀吉に仕えた者を将来、家康が後継者と認めるものだろうか。跡を継ぐのは、秀忠に仕え父とともに戦った信牧ではないのか。

（我が無理なら熊千代がいる。我を飛び越えて嫡流の熊千代なら家康は認めるだべし。そんでも、親父殿はどったらごと考えでるのが見当もつかねじゃ）

父為信は底の知れぬお人だ。おのれの考える策を冷徹に実行してきた。

疑惑は過去に及んだ。

かの人は高信を殺し、妹をも見殺しにした。後見として守るべき為則の二人の子も密かになきものとした。

南部に加担する多くの武将を滅ぼしたのは当然として、盟友として手を結んだ千徳氏をも謀って滅ぼした。

さらに信建を支えた森岡金吾や板垣兵部、尾崎喜蔵、多田玄蕃など、為信と意見を異にする津軽家譜代の重臣らも謀殺した。為信の名は表にこそ現れないが、その影が見え隠れする。

為信の書状を読みはした。しかし信建の疑惑が消えない。

熊千代を可愛がってはいるが為信の底意は読めない。たとえ肉親であろうと目的のためには容赦しない人だ。事故に見せかけ熊千代を殺そうとしたのではないか。

信建の疑惑は妄想を生み、焦燥は怒りに変わった。

天藤兄弟が来て委細を述べる間も与えず甲高い声をふたりに浴びせた。

「すぐに熊千代を連れ戻すのせ」

兄弟が言い訳を述べ始めると、その顔はみるみる青ざめ唇を震わせた。

「命に別状は無えだと」

信建の声が怒りで震えた。

兄の衛門四郎が落ち着き払って答え、わずかに笑顔を見せた。

これが信建を激高させた。

主人を弑するかと叫んで信建は即座に二人にたいし切腹を命じた。

これを理不尽であるとして兄弟は撥ねつけた。

信建が刀を抜いて切りつけ、これに兄弟が刀で対抗したことから斬り合いとなった。

だれにとっても突然のことでもあった。多数の死傷者を出してようやく討ち取られた。

さらに城下の天藤家にたいして信建は多数の討手を送り出した。

「天藤家は逆賊だじゃ」

刃向う者はことごとく討ち取れと信建は厳命した。

城内で討ち死にした二人には、左衛門四郎、甚右衛門という二人の弟がいた。理不尽な処置に激高した二人は、家臣とともに討手を蹴散らして城に乱入した。信建は家臣に守られて身を隠した。

天藤家は武芸で知られた一門であったから、怪我人は多数にのぼった。深夜、雪が降り積むなかで斬り結び、最後に兄弟二人だけとなった。疲れ果てた二人は城内の奥まった部屋に潜んだ。

翌日未明、雪も止んで空が白みかけた頃二人は部屋を出た。まもなく、待ち受けていた討手に多数の矢を射かけられ、二人とも雪のなかで絶命した。

熊千代はその日の午後、為信の手の者がかごに乗せて、小雪の降るなか堀越城に運び込まれた。天藤の家は取り潰された。

慶長八年（一六〇三年）正月元旦、全国の諸大名は大坂城で秀頼に年頭の挨拶をした。翌二日には、諸大名こぞって伏見城にあがり今度は家康に年頭の挨拶をした。為信も信牧を同行し、師走に江戸を経由して年内に京に入っている。

信建は前年の天藤の事件以来、気鬱の病が昂じて旅はできない。

為信はこの頃から近衛家以外にも参議西洞院時慶（にしのとういんときよし）にも近づいている。京ことばの巧みな家来をしばしば訪問させては情報を得ていた。見返りの金品は欠かせない。

関ヶ原以来、為信は京と江戸を頻繁に忙しく行き来していた。

徳川政権下となり、戦いは遠のいたがめまぐるしく情勢は動いていた。情報収集を怠り、遅れをとれば大名といえども命取りになる。伊達家、最上家など南部以外の近隣大名とも親しく交友し情報を探った。

為信は北辺から来た田舎の小大名にすぎない。些細な失策でも命取りになる。隙あらば為信の足をすくおうと南部も虎視眈々と周辺を探っているに違いない。

二月八日、家康は大坂城を訪れ秀頼に挨拶を述べたが、秀頼の前で膝を屈するのはこれが最後となる。秀頼十一歳、後見役である家康は六十二歳である。

二月十二日、家康は伏見城において勅使を迎え征夷大将軍に任じる旨の宣旨を受けた。

三月には完成した二条城において天皇より正式に将軍宣下が下された。

七月、孫の千姫を秀頼に嫁入りさせた。わずか七歳である。

諸事を終えた家康は十月、京を立って江戸に向かった。家康は頼朝に倣い武家政権である徳川幕府を朝廷から離れた江戸に開いた。

天正十八年家康が関東を拠点として以来、江戸城は拡張を重ね、その城下はどんどん膨れ上がった。関ヶ原以来、諸大名も人質としての妻子の住まい、そして隔年参勤のため次々と江戸に屋敷を構えた。

この年、五十三歳になった為信も神田小川町に土地を拝領して上屋敷をもうけた。


関ヶ原の前年に津軽左馬助建広に嫁いだ富姫がこの年の四月病死した。二十歳。病弱のため、子はいなかった。

為信の嘆きは近臣が驚くほどに大きかった。弔うために為信は大光寺に三重塔を建立させた。

富姫は甥の熊千代をとくに可愛がっていた。

為信は信建にも言い含めて熊千代を堀越城に近い大光寺城に送り城主建広に養育させた。

為信の死後、相続をめぐって三男の信牧と熊千代とのあいだで壮絶な跡目争いが生じた。

熊千代の養育を下命されたとき、富姫を失っていた建広は嫡孫の養育におのれを賭けたのかもしれない。秀吉が信長の嫡孫三法師の後見役となり天下を取ったように。

同じ慶長八年、為信は築城計画書を幕府に提出した。築城の地は岩木川沿いの高岡（弘前）である。

許可が下りたのはそれから六年を経た慶長十四年。為信が死んで二年後のことだ。

九　弘前城

慶長九年（一六〇四年）一月、地震のあと岩木山の西面で大きな山崩れがあった。また噴火かと人々はおののいたが幸い白い噴煙のみで噴火はなかった。以前火山灰のせいで田畑の復旧に苦しんだ百姓たちはほっとした。

為信はこのところ、江戸と京都をさかんに往復した。高野山にも詣で、真言宗真如院を宿坊にしている。

この頃キリシタンはまだ弾圧されずにいる。それどころかイエズス会、フランシスコ会、ドミニコ会など、宣教師が次々と来日して布教に努めていた。禁教令が出される慶長十七年までは、十字架を屋根に掲げた天主堂は全国のあちこちに見られたし、パーデレも京の町で辻説法をしていた。

為信はひと頃、キリスト教に興味を示した。

為信自身は洗礼を受けなかったが、信建は自ら入信し、信牧は為信の命で洗礼を受けた。しかし兄弟二人とも高山右近のような敬虔なクリスチャンにはなれなかった。

キリスト教を利用することで為信は異国の品々を入手できたし、有力なキリシタン大名との友誼も得られた。当初はきらびやかな京の文化にけおされた為信だが、キリスト教を母体とする西欧文化の文物に対する驚きは西国大名たちと同等である。

説教師の話にいたく感動した為信は、津軽まで宣教師が来るなら土地と天主堂を寄進しようと約束したようだが、その後の進展はない。晩年の秀吉がキリスト教を忌避したことも影響しているが、いずれにせよ為信、信建、信牧ともそのあと信仰を深めた形跡はない。

十年後の慶長十九年、京大坂の信徒七十一人が流刑地の津軽に送られてきた。

その二年後に藩主信牧は幕府の指示にしたがって六名の信徒を火刑に処した。それが津軽における迫害の手始めである。

為信親子らにとってキリスト教は所詮八百万の神のひとつであった。

慶長十年（一六〇五年）三月。家康は朝鮮通信使より国書を受け、朝鮮との間で和約が成立した。五月にはマラッカ、シャム、ルソンへの渡航朱印状を交付するなど、関ヶ原以降、家康は海外通商を積極的に奨励した。ほかにフィリッピン、カンボジア、メキシコなど、鎖国令が出される寛永十年までの二十数年、禁教を徹底する一方で貿易は盛んに行われた。

同年二月、徳川家康は秀忠を総大将に十万余の軍勢を上洛させた。そのなかに津軽為信、南部信直、伊達政宗など奥羽の外様大名も混じっている。頼朝の例に倣った上洛ではあるが、大坂城の秀頼方は警戒して城内外の要所を固めた。

四月、家康は将軍職を秀忠に代えることを朝廷に奏請した。その承認を受けて家康は秀頼に上京を促したが峻拒（しゅんきょ）された。将軍職の世襲は、徳川政権の永続を公言するに等しい。秀頼方は家康に対する不信感を募らせた。大坂冬の陣まではまだ九年ある。

この頃信建の気鬱の病は徐々に快方に向かい、外歩きにも出るようになった。逼塞した心が晴れると、信建はむしょうに京が恋しくなった。成長したであろう大坂城の秀頼の顔も見たかった。

御山の裾野が黄色く染まった頃、信建は為信の了解を得てから数名の近臣とともに堀越城を立った。

日本海沿岸を船で縫い、敦賀に上陸して京に入ると師走になっていた。

冷たい潮風にあたったせいか、下船のあと熱を出した信建は津軽屋敷でしばらく臥せっていた。小康を得てから、信建は伏見城に向かい家康に拝謁した。

翌慶長十一年にかけて信建は秀頼のもとを訪れたあと、近衛、西洞院などの公家衆へも出向き久闊を叙した。

この年の春、健康を回復した信建は京を出て東海道を下り江戸に向かった。

江戸では神田小川町の津軽屋敷にしばらく滞在した。

この頃江戸城拡張工事のため津軽からも普請方の武士や職人たちが多数来ており屋敷内はあわただしかった。

家康はこの年、九月まで伏見城にいたが、その後駿府に立ち寄り大名に城作りの指示をしている。

駿府城は隠居の城ではあるが箱根や大井川など天然の要害を備えた堅固な城塞でもある。大坂方に対して家康は気を抜いてはいない。

祇園祭が終わった頃から信建の様子がおかしくなった。京の暑さは並大抵ではない。食も進まず次第にやせ細り終日臥せるようになった。

紅葉狩りも過ぎて涼しくなったがいっこうに回復しない。暮れには津軽に帰るはずが、とうとう京で新年を迎えた。

慶長十二年（一六〇七年）。為信のもとには信建が病で臥せた旨、使いが出された。

春の陽気が戻れば回復するかと思われたが四月になってもいっこうに好転しない。顔や手足がむくみ始め、医者は体内の臓器が病んでおり回復は難しいと言う。

京屋敷を預かる森山内蔵助は堀越城に更に使いを出した。それは為信に万一の覚悟を迫る内容となった。

一方で為信も前年から腹部の不調をときどき訴えた。頬がこけ髪とひげに白いものが目立つようになり、疲れを訴えてしばしば休息をとった。

「歳のせいだべし」為信は笑った。

雪が解け始めると、為信は岩木川の作堤普請や北部湿地の干拓などの検分に出かけた。

御山はここ数年噴火もなく落ち着いているが、気候不順のため不作が続いていた。だれもが飢饉を恐れている。年貢を課する領主も同じだ。

昨年は江戸城の天下普請に駆り出された。名古屋、駿府と、家康は次々と城の普請を諸国の大名に押し付ける。その負担を少しでも軽減すべく江戸と京で藩の役人は駆けずり回った。

コメの石高を上げるには開拓して田圃を増やす必要がある。百姓も増やさねばならない。為信は津軽に流れてきた百姓に対し町人同様諸役を減免、年貢を減らすなどできるだけ優遇し定着を図った。

そもそも百姓に限らず武士町人にいたるまで津軽は人間が不足していた。

その頃の津軽の人口は十万余。増え始めても戦乱と飢饉がまた元に戻してしまう。食べるものがなければ百姓は生まれた赤子を流す。食い詰めた果てに逃散する。百姓を土地に定着させ米の収量を増やすことが何よりも領主に求められた。

いくさから解放された半農の下級武士も湿原の埋立てなど農地作りに精を出した。

やがて徐々に功を奏して田畑は徐々に増えて名目石数をかなり上回るようになる。これが津軽藩の経済を底支えするようになる。為信が亡くなったあとのことだ。

為信はしばしば十三湖に至る岩木川沿いの道を馬で歩き回っては開拓の進捗を検分し

た。

信建の病についての二度目の使者が黒石城に到着したあと為信は私室に籠った。沼田久蔵など数人が出入りして数日が過ぎた。

評定を開くので召集せよと近臣に命じたときには、為すべきことはすでに決めていた。

評定の席で為信は、家督を信牧に譲る旨を申し渡した。

桜が咲き始める頃、為信は江戸に向かった。

道中、信牧は馬で為信は籠に乗った。腹部の不調は続いており籠が揺れると顔をしかめた。

江戸屋敷に到着すると阿保良が出迎えたが為信のやつれたさまに言葉を失った。

京からは信建の病状がいよいよ悪化した旨の報告がもたらされていた。

為信は数日養生してから江戸城に信牧とともに上がった。将軍職就任祝賀を述べると秀忠は機嫌よく為信と信牧に言葉をかけた。家康は駿府城にいる。

十日ほど体を休めてから為信は信牧を江戸に残して京に向かった。

途中駿府で家康の幕僚の数人に会った。築城承認の可否、家督相続に関して幕府への報告や手続きなどの事前確認をした。

駿府を出て間もなく、京屋敷から送られた為信宛の文書を携えた二人連れの使者に遭遇した。信建の死を冷静に聞き終えた為信は二人に江戸屋敷、さらに国表へも向かうよう指示した。なにごとがあろうと信牧の家督相続は変わらぬ旨添書も付けた。

秋風が吹く十一月、為信は息もたえだえで京の津軽屋敷に入った。

森山をはじめ京詰めの家臣は為信の衰え様に愕然とした。あの髭の大兵が白髪の痩せた老人に変わってしまっていた。信建の霊前に焼香するのさえやっとの有様だった。

信建を診た同じ医者が為信の病を診た。腹部の大きなしこりを触診したあと首を振った。

床に就いた為信は信牧を江戸から呼ぶよう指示した。

為信の眼窩は落ち手足はやせ衰えたが腹部だけは大きく張っていた。

臨終に至るまで森山内蔵助と津軽を出立したときから近侍した老臣の松野久七が付き添った。

為信は信牧が家督相続する旨の伺い書を幕府老中宛に送るよう命じた。そのあとは気力も失せたのか口数も少なくなった。

終日うつらうつらして腹部の痛みが襲うときは軽く呻いた。

熱のせいか時々うわごとを言った。

ひとり言のようでもあり、誰かと話しているようでもあった。

(お前のとおりになったじゃ。んだべさ)

為信は譜代の森岡金吾へ語っている。

(我を狂わせ羅刹にしたのはおめだじゃ。そだべし)

そう思いたかった。

愛すべき高信とその妻を殺したのは、我ではなく羅刹なのだ。

為信は冷静に謀って実行した。実行しているおのれの姿も自分で見ていた。

後悔はない。この戦国に生を受けたおのれの宿命なのだ。

だが虚しくもあり、おのれを疎ましく思った。

やるべきことをやり遂げたという自負はあった。

だが今になって心に押し込めていたなにかが蠢いて為信を苦しめた。

(このうじゃめぎはなんだば。かちゃくちゃねえな)(強い不安と苛立ち)

為信の心は揺らいだ。

為信はひとり夢想する。

若くして討死するおのれ自身の姿だ。南部で戦死した父のように。

人々は微笑と憐憫でもっていくさに散った青年武将を思い出すだろうか。

そのように想像すると心に爽やかな風が吹き抜ける。

さかのぼって思う。もし叔父の為則に従わず、あのまま郡代高信に仕えていたなら、為則の後継者によって高信とともに我は討たれたに違いない。そんな人生もあった。

さまざまに思いを巡らし、為信は自分に言い聞かせる。

南部に反逆し津軽を平らげて安泰を得るまで数知れぬ戦いを強いられた。

殺し合い、騙し合いに明け暮れ、無明の中を血みどろになって駆け抜けた。

我はそれを運命として引き受けた。自分なりにそれを成し遂げた。

津軽は津軽人のものとなった。津軽家はもはや盤石だ。

やり残したことも無論ある。だがもう後悔はすまい。

いま戦国の世は過ぎ去り、太平の世を迎えようとしている。

ことが終わった今、過去の所業、毀誉褒貶すべてはこの為信にある。

跡をついだ信牧は父の為したこと一切とは無縁だ。

信牧は過去に引きずられることなく津軽家の経営に邁進すればよい。

（それで十分だじゃ。気がかりは高岡〈弘前〉の築城ぐらいのものだべし）


意識がはっきりしたとき松野久七に声をかけた。

「我（わ）が於久と、八甲田を登ったとき」

かすれた声で為信は言った。

「青い池を見たんじゃ」

為信の窪んだ目ははるか遠くを見ていた。

「森のなかさ、青く輝く池があったんだじゃ」

「殿さま、それは十和田の湖でねすがの」

松野が囁いた。

「そんでね。青く澄んだ、ちっこい池こだね」

為信の眼は和んだ。

「於久は気に入っての、これは我(わ)の池じゃ、だれさもしゃべるなて……」

為信は口元に笑みを浮かべた。

「しゃべて、しまたじゃ」

為信は深緑につつまれた静謐な池のほとりに幼い妹を見ている。

為信と於久しか知らぬ密やかな池。そこに於久の魂はいるに違いない。

為信はすでに彼岸をとおしてその池を見ていた。

亡くなったのは慶長十二年十二月五日である。五十八歳。

終日氷雨が降り続いていた。信牧は臨終までの数日を為信の枕頭で過ごすことができた。

郡代高信の城を攻め落としてから三十六年が過ぎていた。

北辺の草莽(そうもう)から出でた一人の男が津軽の国を興して早々、足早に戦国の世を去っていった。

為信のなきがらは六条河原で茶毘に付されたのち津軽に帰り、御山の南麓、岩木川西岸の革秀寺(かくしゅうじ)に葬られた。

八年後の慶長二十年（一六一五年）大坂城が落ちた。信建が慕った秀頼も淀の方とともに亡くなり、豊臣家は滅亡した。

応仁の乱に発する長い戦国の世も終焉に向かい、やがて北奥の地も鎮まった。

完

編集部註／作品中に一部差別用語とされている表現が含まれていますが、作品の舞台となる時代を忠実に描写するために敢えて使用しております。

参考文献

『日本の歴史　10巻〜12巻』中央公論社
『信長公記』太田牛一　新人物文庫
『青森県の歴史と文化』宮城道生　津軽書房
『津軽藩政時代に於ける生活と宗教』小館衷三　津軽書房
『東北の歴史　上』豊田武　吉川弘文社
『北奥羽の大名と民衆』長谷川成一　清文堂
『ふるさとの歴史』千葉寿夫　津軽書房
『黒石風土記　北黒石の巻』佐藤雨山　黒石史談会
『青森県の歴史』宮城道生　山川出版社
『流域をたどる歴史　東北編』ぎょうせい
『女人津軽史』山下笙介　北の街社
『弘前市史　上』山下笙介　津軽書房

『続津軽の夜明け　上巻』山下笙介　津軽書房
『黒石市史　通史編』ぎょうせい
『黒石地方誌』佐藤耕次郎　黒石町
『南津軽郡町村誌』今田清蔵　歴史図書社
その他

【著者紹介】

木村　將平（きむら　まさひら）

昭和22年2月20日生まれ（74歳）

青森県黒石市出身

弘前高校、岩手大学工学部卒業

現在は千葉市在住

津軽戦国始末

2021年11月1日　第1刷発行

著　者 ― 木村　將平

発行者 ― 佐藤　聡

発行所 ― 株式会社 郁朋社

〒101-0061　東京都千代田区神田三崎町2-20-4
電　話　03（3234）8923（代表）
ＦＡＸ　03（3234）3948
振　替　00160-5-100328

印刷・製本 ― 日本ハイコム株式会社

落丁、乱丁本はお取り替え致します。

郁朋社ホームページアドレス　http://www.ikuhousha.com
この本に関するご意見・ご感想をメールでお寄せいただく際は、
comment@ikuhousha.com　までお願い致します。

©2021 MASAHIRA KIMURA Printed in Japan

ISBN978-4-87302-747-0 C0093